欢喜这人间的认真

李叔同　著

天津出版传媒集团
天津人民出版社

图书在版编目（CIP）数据

欢喜这人间的认真 / 李叔同著 . -- 天津 : 天津人民出版社 , 2024.1
ISBN 978-7-201-19918-4

Ⅰ . ①欢… Ⅱ . ①李… Ⅲ . ①李叔同（1880-1942）-传记 Ⅳ . ① B949.92

中国国家版本馆 CIP 数据核字（2023）第 203891 号

欢喜这人间的认真
HUANXI ZHE RENJIAN DE RENZHEN

出　　版　天津人民出版社
出 版 人　刘　庆
地　　址　天津市和平区西康路 35 号康岳大厦
邮政编码　300051
邮购电话　（022）23332469
电子信箱　reader@tjrmcbs.com

责任编辑　李　羚
策划编辑　邓湘佳
装帧设计　东合社 · 安宁

印　　刷　河北朗祥印刷有限公司
经　　销　新华书店
开　　本　880 毫米 ×1230 毫米　1/32
印　　张　9
字　　数　199 千字
版次印次　2024 年 1 月第 1 版　2024 年 1 月第 1 次印刷
定　　价　59.80 元

弘一大師遺象

先師弘一大師住世之日與閩僧廣洽法師緣誼最深曾約余來閩相見以緣慳未果戊子之冬余從臺灣來廈門適 廣洽法師亦由星嘉坡返閩南相見甚歡而大師已於五年前往生西方余見 廣洽如見 大師臨岐寫 大師遺象贈 廣洽師即請於星洲薝蔔院供養以志永恒之追思

豐子愷客廈門

丰子恺绘弘一大师像

《弘一大师遗象》释文：先师弘一大师住世之日，与闽僧广洽法师缘谊最深，曾约余来闽相见，以缘悭未果。戊子之冬，余从台湾来厦门，适广洽法师亦由星嘉坡（新加坡）返闽南，相见甚欢，而大师已于五年前往生西方，余见广洽，如见大师，临歧写大师遗象赠广洽师，即请于星洲薝蔔院供养，以志永恒之追思。

目录

壹 生命本来单纯

贰 学会艺术地生活

叁 修得一个心安

肆 幸有人生一知己

伍 吟到夕阳山外山

陆 悲欣交集见观经

附录一

附录二

壹 生命本来单纯

辛丑北征泪墨

游子无家，朔南驰逐。值兹离乱，弥多感哀。城郭人民，慨怆今昔。耳目所接，辄志简编。零句断章，积焉成帙。重加厘削，定为一卷。不书时日，酬应杂务。百无二三，颜曰：《北征泪墨》，以示不从日记例也。辛丑初夏，惜霜识于海上李庐。

光绪二十七年春正月，拟赴豫省仲兄。将启行矣，填《南浦月》一阕海上留别词云：

杨柳无情，丝丝化作愁千缕。惺忪如许，萦起心头绪。谁道销魂，尽是无凭据。离亭外，一帆风雨，只有人归去。

越数日启行，风平浪静，欣慰殊甚。落日照海，白浪翻银，精彩炫目。群鸟翻翼，回翔水面。附海诸岛，若隐若现。是夜梦至家，见老母、室人作对泣状，似不胜离别之感者。余亦潸然涕下。比醒时，泪痕已湿枕矣。

途经大沽口，沿岸残垒败灶，不堪极目。《夜泊塘沽》诗云：

杜宇声声归去好，天涯何处无芳草。
春来春去奈愁何？流光一霎催人老。
新鬼故鬼鸣喧哗，野火磷磷树影遮。
月似解人离别苦，清光减作一钩斜。

晨起登岸，行李冗赘。至则第一次火车已开往矣。欲寻客邸暂驻行踪，而兵燹之后，旧时旅馆率皆颓坏。有新筑草舍三间，无门窗床几，人皆席地坐，杯茶盂馔，都叹缺如。强忍饥渴，兀坐长喟。至日暮，始乘火车赴天津。路途所经，庐舍大半烧毁。抵津城，而城墙已拆去，十无二三矣。侨寄城东姚氏庐，逢旧日诸友人，晋接之余，忽忽然如隔世。唐句云："乍见翻疑梦，相悲各问年。"其此境乎！到津次夜，大风怒吼，金铁皆鸣，愁不成寐，诗云：

世界鱼龙混，天心何不平！
岂因时事感，偏作怒号声。
烛尽难寻梦，春寒况五更。
马嘶残月坠，笳鼓万军营。

居津数日，拟赴豫中。闻土寇蜂起，虎踞海隅，屡伤洋兵，行人惴惴。余自是无赴豫之志矣。小住二旬，仍归棹海上。

天津北城旧地，拆毁甫毕。尘积数寸，风沙漫天，而旷阔逾恒，行道者便之。

晤日本上冈君，名岩太，字白电，别号九十九洋生，赤十字社中人，今在病院。笔谈竟夕，极为契合，蒙勉以“尽忠报国”等语，感愧殊甚。因成七绝一章，以当诗云：

杜宇啼残故国愁，虚名遑敢望千秋。
男儿若论收场好，不是将军也断头。

越日，又偕赵幼梅师、大野舍吉君、王君耀忱及上冈君。合拍一照于育婴堂，盖赵师近日执事于其间也。

居津时，日过育婴堂，访赵幼梅师，谈日本人求赵师书者甚多，见予略解分布，亦争以缣素嘱写，颇有应接不暇之势。追忆其姓名，可记者，曰神鹤吉、曰大野舍吉、曰大桥富藏、曰井上信夫、曰上冈岩太、曰塚崎饭五郎、曰稻垣几松。就中大桥君有书名，予乞得数幅。又丐赵师转求千郁治书一联，以千叶君尤负盛名也。海外墨缘，于斯为盛。

北方当仲春天气，犹凝阴积寒，抚事感时，增人烦恼。旅馆无俚，读李后主《浪淘沙》词“帘外雨潺潺，春意阑珊。罗衾不耐五更寒”句，为之怅然久之。既而，风雪交加，严寒砭骨，身着重裘，犹起栗也。《津门清明》云：

一杯浊酒过清明，觞断樽前百感生。
辜负江南好风景，杏花时节在边城。

世人每好作感时诗文，余雅不喜此事，曾有诗以示津中同人。

诗云:

千秋功罪公评在,我本红羊劫外身。
自分聪明原有限,羞从事后论旁人。

北地多狂风,今岁益甚。某日夕,有黄云自西北来,忽焉狂风怒号,飞沙迷目。彼苍苍者其亦有所感乎!

二月杪,整装南下,第一夜宿塘沽旅馆。长夜漫漫,孤灯如豆,填《西江月》一阕词云:

残漏惊人梦里,孤灯对景成双。前尘渺渺几思量,只道人归是谎。谁说春宵苦短,算来竟比年长。海风吹起夜潮狂,怎把新愁吹涨?

越日,日夕登轮。诗云:

感慨沧桑变,天边极目时。
晚帆轻似箭,落日大如箕。
风卷旌旗走,野平车马驰。
河山悲故国,不禁泪双垂。

开轮后,入夜管弦嘈杂,突惊幽梦。倚枕静听,音节斐靡,沨沨动人。昔人诗云:“我已三更鸳梦醒,犹闻帘外有笙歌。”不图于今日得之。

舟泊燕台，山势环拱，帆樯云集，海水莹然，作深碧色。往来渔舟，清可见底。登高眺远，幽怀顿开。诗云：

澄澄一水碧琉璃，长鸣海鸟如儿啼。
晨日掩山白无色，□□□□[①]青天低。

午后，偕友登燕台岸小憩，归来已日暮。□□□开轮。午餐后，同人又各奏乐器，笙琴笛管，无美不□。迭奏未已，继以清歌。愁人当此，虽可差解寂寥，然河满一声，奈何空唤，适足增我回肠荡气耳。枕上口占一绝，云：

子夜新声碧玉环，可怜肠断念家山。
劝君莫把愁颜破，西望长安人未还。

① 原文缺字，下同。

一八九六年摄于天津

一九〇〇年摄于天津

西湖夜游记

壬子七月，余重来杭州，客师范学舍。残暑未歇，庭树肇秋，高楼当风，竟夕寂坐。越六日，偕姜、夏二先生游西湖。于时晚晖落红，暮山被紫，游众星散，流萤出林。湖岸风来，轻裾致爽。乃入湖上某亭，命治茗具。又有菱芰，陈粲盈几。短童侍坐，狂客披襟，申眉高谈，乐说旧事。庄谐杂作，继以长啸，林鸟惊飞，残灯不华。起视明湖，莹然一碧；远峰苍苍，若现若隐，颇涉遐想，因忆旧游。曩岁来杭，故旧交集，文子耀斋，田子毅侯，时相过从，辄饮湖上。岁月如流，倏逾九稔。生者流离，逝者不作，坠欢莫拾，酒痕在衣。刘孝标云："魂魄一去，将同秋草。"吾生渺茫，可唏然感矣。漏下三箭，秉烛言归。星辰在天，万籁俱寂，野火暗暗，疑似青磷；垂杨沉沉，有如酣睡。归来篝灯，斗室无寐，秋声如雨，我劳如何？日暝意倦，濡笔记之。

断食日志[①]

丙辰新嘉平一日始。断食后，易名欣，字俶同，黄昏老人，李息。

十一月二十二日，决定断食。祷诸大神之前，神诏断食，故决定之。

择录村井氏说：妻之经验。最初四日，预备半断食。六月五日、六日，粥，梅干。七日、八日，重汤，梅干。九日始断食，安静。饮用水一日五合，一回一合，分五六回服用。第二日，饥饿胸烧，舌生白苔。第三、四日，肩腕痛。第四日，腹部全体凝固，体倦就床，晨轻晚重。第五日，同，稍轻减，坐起一度散步。第六日，轻减，气氛爽快，白苔消失，胸烧愈。第七日，晨平稳，断食期至此止。

后一日，摄重汤，轻二碗三回，梅干无味。后二日，同。后三日，粥，梅干，胡瓜，实入吸物。后四日，粥，吸物，少量刺身。后五日，粥，野菜，轻鱼。后六日，普通食，起床，此两三日，手足浮肿。

---

① 此为弘一大师于出家前两年在杭州大慈山虎跑寺试验断食时所记之经过。自入山至出山，首尾共二十天。对于起居身心，详载靡遗。据大师年谱所载，时为民国五年，大师三十七岁。原稿曾由大师交堵申甫居士保存。文多断续，字迹模糊，其封面盖有李息翁章，并有日文数字。兹特向堵居士借缮，并与其详加校对，冀为刊播流通，藉供众览。想亦为景仰大师者所喜闻，且得为后来预备断食者之参考也。后学陈鹤卿谨识。

断食期内，或体痛不能眠，或下痢，或嚏。便时以不下床为宜。预备断食或一周间，粥三日，重汤四日。断食后或须一周间，重汤三日，粥四日，个半月体量恢复。半断食时服リチネ（西药名，英文 Richine）。

到虎跑寺携带品：被褥帐枕，米，梅干，杨子，齿磨，手巾手帕，便器，衣，漉水布，リチネ，日记纸笔书，番茶，镜。

预定期间：一日下午赴虎跑寺。上午闻玉去预备。中食饭，晚食粥，梅干。二日、三日、四日，粥，梅干。五日、六日、七日，重汤，梅干。八日至十七日断食。十八日、十九日、二十日，重汤，梅干。廿一日、廿二日、廿三日、廿四日，粥，梅干，轻菜食。廿五日返校，常食。廿八日返沪。

卅日晨，命闻玉携蚊帐，米，纸，糊，用具到虎跑。室宜清闲，无人迹，无人声，面南，日光遮北，以楼为宜。是晚食饭，拂拭大小便器、桌椅。

午后四时半入山，晚餐素菜六簋（音癸，盛食物的圆形器具），极鲜美。食饭二盂，尚未餍，因明日始即预备断食，强止之。榻于客堂楼下，室面南，设榻于西隅，可以迎朝阳。闻玉设榻于后一小室，仅隔一板壁，故呼应便捷。晚燃菜油灯，作楷八十四字。自数日前病感冒，伤风微嗽，今日仍未愈。口干鼻塞，喉紧声哑，但精神如常。八时眠，夜间因楼上僧人足声时作，未能安眠。

十二月一日，晴，微风，五十度[①]。断食前期第一日。疾稍愈，

① 此处温度单位为华氏度，下同。

七时半起床。是日午十一时食粥二盂，紫苏叶二片，豆腐三小方。晚五时食粥二盂，紫苏叶二片，梅一枚。饮冷水三杯，有时混杏仁露，食小橘五枚。午后到寺外运动。

余平日之常课，为晨起冷水擦身，日光浴，眠前热水洗足。自今日起冷水擦身暂停，日光浴时间减短，洗足之热水改为温水，因欲使精神聚定，力避冷热极端之刺激也。对于后人断食者，应注意如下：

（一）未断食时练习多食冷开水。断食初期改食冷生水，渐次加多。因断食时日饮五杯冷水殊不易，且恐腹泻也。

（二）断食初期食之粥或米汤，于微温时食之，不可太热。因与冷水混合，恐致腹痛。

余每晨起后，必通大便一次。今晨如常，但十时后屡放屁不止。二时后又打嗝儿甚多，此为平日所无。是日书楷字百六十八，篆字百零八。夜观焰口，至九时始眠。夜微嗽多噩梦，未能入眠。

二日，晴和，五十度。断食前期第二日。七时半起床，晨起无大便。是日午前十一时食粥一盂，梅一枚，紫苏叶二片。午后五时同。饮冷水三杯，食橘子三枚，因运动归来体倦故。是日舌苔白，口内粘滞，上牙里皮脱。精神如常，但过则疲□□[①]。运动微觉疲倦，头目眩晕。自明日始即不运动。

晚侍和尚念佛，静坐一小时。写字百三十二，是日鼻塞。摹大同造像一幅，原拓本自和尚假来，尚有三幅明后续□□（似为“摹写”）。八时半眠，夜梦为升高跳跃运动。其处为器具拍卖场，陈

---

① 原文缺字，下同。

设箱柜几椅并玩具装饰品等。余跳跃于上，或腾空飞行于其间，足不履地，灵捷异常，获优胜之名誉。旁观有德国工程师二人，皆能操北京语。一人谓有如此之技能，可以任远东大运动会之某种运动，必获优胜，余逊谢之。一人谓练习身体，断食最有效，吾二人已二日不食。余即告余现在虎跑断食，亦已预备二日矣。其旁又有一中国人，持一表，旁写题目，中并列长短之直红线数十条，如计算增减高低之表式，是记余跳跃高低之顺序者。是人持以示余，谓某处由低而高而低之处，最不易跳跃，赞余有超人之绝技。后余出门下土坡，屡遇西洋妇人，皆与余为礼，贺余运动之成功，余笑谢之。梦至此遂醒。余生平未尝为一次运动，亦未尝梦中运动，头脑中久无此思想，忽得此梦，至为可异，殆因胃内虚空有以致之欤?

三日，晴和，五十二度。断食前第三日。七时半起床。是晨觉饥饿，胸中搅乱，苦闷异常，口干饮冷水。勉坐起披衣，头昏心乱，发虚汗作呕，力不能支，仍和衣卧少时。饮梅茶二杯，乃起床，精神疲惫，四肢无力。九时后精神稍复元，食橘子二枚。是晨无大便，饮药油一剂，十时半软便一次，甚畅快。十一时水泻一次，精神颇佳，与平常无大异。十一时二十分食粥半盂，梅一个，紫苏一枚。摹普泰造像、天监造像二页。饮水，食物，喉痛，或因泉水性太烈，使喉内脱皮之故。午后四时，饮水后打嗝儿笃，食小梨一个，五时食粥半盂。是日感冒伤风已愈，但有时微嗽。是日午后及晚，侍和尚念佛静坐一小时。八时半眠。入山预断以来，即不能为长时之安眠，旋睡旋醒，辗转反侧。

四日，晴和，五十三度。断食前第四日。七时半起床。是晨气闷心跳口渴，但较昨晨则轻减多矣，饮冷水稍愈。起床后头微晕，四肢乏力。食小橘一枚，香蕉半个。八时半精神如常，上楼访弘声上人，借佛经三部。午后散步至山门，归来已觉微疲。是日打嗝儿甚多，口时作渴，一共饮冷水四大杯。摹大明造像一页。写楷字八十四，篆字五十四。无大便。四时后头昏，精神稍减，食小橘二枚。是日十一时饮米汤二盂，食米粒二十余。八时就床，就床前食香蕉半个。自预备断食，每夜三时后腿痛，手足麻木。（余前每逢严冬有此旧疾，但不甚剧。）

五日，晴和，五十三度。断食前第五日。七时半起床。是夜前半颇觉身体舒泰，后半夜仍腿痛，手足麻木。三时醒，口干，心微跳，较昨减轻。食香蕉半个，饮冷水稍眠。六时醒，气体甚好。起床后不似前二日之头晕乏力，精神如常，心胸愉快。到菜园采花供铁瓶。食梨半个，吐渣。自昨日起，多写字，觉左腰痛。是日腹中屡屡作响，时流鼻涕，喉中肿烂尚未愈。午后侍和尚念经静坐一小时，微觉腰痛，不如前日之稳静。三时食梨半个，吐渣。食香蕉半个。午、晚饮米汤一盂。写字百六十二。傍晚精神稍差，恶寒口渴。本定于后日起断食。改自明日起断食，奉神诏也。

断食期内，每日饮梨汁一个之分量，饮橘汁三小个之分量。饮毕漱口。又因信仰上每晨餐神供生白米一粒，将眠，食香蕉半个。是日无大便，七时就床。是夜神经过敏甚剧，加以鼠声、人鼾声，终夜未安眠。口甚干，后半夜腿痛稍轻，微觉肩痛。

六日，晴暖，晚半阴，五十六度。断食正期第一日。八时起床。三时醒，心跳胸闷，饮冷水橘汁及梅茶一杯。八时起床，手足乏力。

头微晕，执笔作字殊乏力，精神不如昨日。八时半饮梅茶一杯。脑力渐衰，眼手不灵，写日记时有误字，多遗忘。九时半后精神稍可。十时后精神甚佳，口渴已愈。数日来喉中肿烂亦愈。今日到大殿去二次，计上下廿四级石阶四次，已觉足乏力，为以前所无。是日共饮梨汁一个，橘汁二个。傍晚精神不衰，较胜昨日，但足乏力耳。仍时流鼻涕，晚间精神尤佳。是日不觉如何饥饿。晚有便意，仅放屁数个，仍无便。是夜能安眠，前半夜尤稳安舒泰。眠前以棉花塞耳，并诵神人合一之旨。夜间腿痛已愈，但左肩微痛。七时就床，梦变为丰颜之少年，自谓系断食之效。

七日，阴复晴，夜大风，五十四度。断食正期第二日。六时半起床。四时醒，心跳微作即愈，较前二日减轻。饮冷水甚多。六时半即起床，因是日头晕已减轻，精神较昨日为佳，且天甚暖，故早起床也。起床后饮橘汁一枚。晨览《释迦如来应化事迹图》。八时后精神不振，打哈欠，口塞流鼻涕，但起立行动如常。午后身体寒益甚，拥被稍息。想出食物数种，他日试为之。炒饼、饼汤、虾仁豆腐、虾子面片、十锦丝、咸胡瓜。三时起床，冷已愈，足力比昨日稍健。是日无大便，饮冷水较多。前半夜肩稍痛，须左右屡屡互易，后半夜已愈。

八日，阴，大风，寒，午后时露日光，五十度。断食正期第三日。十时起床。五时醒，气体至佳，如前数日之心跳头晕等皆无。因天寒大风，故起床较迟。起床后精神甚佳，手足有力，到院内散步。四时半就床，午后益寒，因早就床。是日食欲稍动，有时觉饥，并默想各种食物之种类及其滋味。是夜安眠，足关节稍痛。

九日，晴，寒，风，午后阴，四十八度。断食正期第四日。八时半起床。四时醒，气体极佳，与日常无异。起床后精神如常，手足有力。朝日照人，心目豁爽。小便后尿管微痛，因饮水太多之故。自今日始不饮梨橘汁，改饮盐梅茶二杯。午后因饮水过多，胸中苦闷。是日午前精神最佳，写字八十四，到菜圃散步。午后寒，一时拥被稍息。三时起床，室内运动。是日不感饥饿。因天寒五时半就床。

十日，阴，寒、四十七度。断食正期第五日。十时半起床。四时半醒，气体精神与昨同。起床后精神至佳。是日因寒故起床较迟。今日加饮盐汤一小杯。十一时杨、刘二君来谈至欢。因寒四时就床。是日写字半页。近日神经过敏已稍愈。故夜间较能安眠。但因昨日饮水过多伤胃，胃时苦闷，今日饮水较少。

十一日，阴寒，夕晴，四十七度。断食正期第六日。九时半起床。四时半醒，气体与昨同。夜间右足微痛，又胃部终不舒畅。是日口干，因寒起床稍迟。饮盐汤半杯，饮梨汁。夕晴，心目豁爽。写字百三十八。坐檐下曝日，四时就床，因寒早就床。是晚感谢神恩，誓必皈依。致福基书。

十二日，晨阴，大雾，寒，午后晴，四十八度。断食正期第七日。十一时起床。四时半醒，气体与昨同，足痛已愈，胃部已舒畅。口干，因寒不敢起床。十一时福基遣人送棉衣来，乃披衣起。饮梨汁及盐汤、橘汁。午后精神甚佳，耳目聪明，头脑爽快，胜于前数日。到菜圃散步。写字五十四。自昨日始，腹部有变动，微有便意，又有时稍感饥饿。是日饮水甚少。晚晴甚佳，四时半就床。

十三日，晨半晴阴，后晴和，夕风，五十四度。断食后期第一日。八时半起床。气体与昨同。晨饮淡米汤二盂，不知其味，屡有便意，口干后愈。饮梨汁橘汁。十一时饮浓米汤一盂，食梅干一个，不知其味。十一时服泻油少许，十一时半大便一次甚多。便色红，便时腹微痛，便后渐觉身体疲弱，手足无力。午后勉强到菜圃一次。是日不饮冷水。午前写字五十四。是日身体疲倦甚剧，断食正期未尝如是。胃口未开，不感饥饿，尤不愿饮米汤，是夕勉强饮一盂，不能再多饮。

十四日，晴，午前风，五十度。断食后期第二天。七时半起床。气体与昨同，夜间较能安眠。五时饮米汤一盂，口干，起床后精神较昨佳。大便轻泻一次，又饮米汤一盂，饮橘汁，食苹果半枚。是日因米汤、梅干与胃口不合，于十一时饮薄藕粉一盂，炒米糕二片，极觉美味，精神亦骤加。精神复元，是日极愉快满足。一时饮薄藕粉一盂，米糕一片。写字三百八十四。腰腕稍痛，暗记诵《御神乐歌序章》。四时食稀粥一盂，咸蛋半个，梅干一个，是日不感十分饥饿，如是已甚满足。五时半就床。

十五日，晴，四十九度。断食后期第三日。七时起床。夜间渐能眠，气体无异平时。拥衾饮茶一杯，食米糕三片。早食藕粉米糕，午前到佛堂菜圃散步，写字八十四。午食粥二盂，青菜咸蛋少许。夕食芋四个，极鲜美。食梨一个，橘二个。敬抄《御神乐歌》二页，暗记诵一、二、三下目。晚饮粥二盂，青菜咸蛋，少许梅干。晚食粥后，又食米糕饮茶，未能调和，胃不合，终夜屡打嗝儿，腹鸣。是日无大便，七时就床。

十六日，晴，四十九度。断食后期第四日。七时半起床。晨饮红茶一杯，食藕粉、芋。午食薄粥三盂，青菜、芋大半碗，极美。有生以来不知菜、芋之味如是也。食橘，苹果，晚食与午同。是日午后出山门散步，诵《御神乐歌》，甚愉快。入山以来，此为愉快之第一日矣。敬抄《御神乐歌》七叶，暗记诵四、五下目。晚食后食烟一服。七时半就床，夜眠较迟，胃甚安，是日无大便。

十七日，晴暖，五十二度。断食后期第五日。七时起床。夜间仍不能多眠，晨饮泻油极少量。晨餐浓粥一盂，芋五个，仍不足，再食米糕三个，藕粉一盂。九时半大便一次，极畅快。到菜圃诵《御神乐歌》。中膳，米饭一盂，粥二盂，油炸豆腐一碗。本寺例初一、十五始食豆腐，今日特因僧人某死，葬资有余，故以之购食豆腐。午前后到山门外散步二次。拟定出山门后剃须。闻玉采萝卜来，食之至甘。晚膳粥三盂，豆腐青菜一盂，极美。今日抄《御神乐歌》五叶，暗记诵六下目。作书寄普慈。是日大便后愉快，晚膳后尤愉快，坐檐下久。拟定今后更名欣，字俶同。七时半就床。

十八日，阴，微雨，四十九度。断食后期最后一日。五时半起床。夜间酣眠八小时，甚畅快，入山以来未之有也。是晨早起，因欲食寺中早粥。起床后大便一次甚畅。六时半食浓粥三盂，豆腐青菜一盂，胃甚涨。坐菜圃小屋诵《御神乐歌》，今日暗记诵七下目，敬抄《御神乐歌》八叶。午，食饭二盂，豆腐青菜一盂，胃涨大，食烟一服。午后到山中散步，足力极健。采干花草数枝，松子数个。晚食浓粥二盂，青菜半盂，仅食此不敢再多，恐胃涨也。餐后胸中极感愉快。灯下写字五十四，辑订断食中字课，七时半就床。

十九日，阴，微雨，四时半起床。午后一时出山归校。嘱托闻玉事件：晚饭菜，橘子，做衣服附袖头，廿二要，轿子油布，轿夫选择，新蚊帐，夜壶。自己事件：写真，付饭钱，致普慈信。

一九一七年初李叔同断食实验后留影

《断食日志》封面

我在西湖出家的经过[①]

杭州这个地方，实堪称为佛地，因为寺庙之多，约有两千余所，可想见杭州佛法之盛了。

最近“越风社”要出关于《西湖增刊》，由黄居士来函，要我作一篇《西湖与佛教之因缘》，我觉得这个题目的范围太广泛了，而且又无参考书在手，短期间内是不能做成的。所以，现在就将我从前在西湖居住时，把那些值得追味的几件零碎的事情来说一说，也算是纪念我出家的经过。

我第一次到杭州，是光绪二十八年（1902 年）七月（本篇所记年月，皆依旧历）。在杭州住了约莫一个月光景，但是并没有到寺院里去过。只记得有一次到涌金门外去吃过一回茶而已，同时也就把西湖的风景，稍微看了一下子。

第二次到杭州时，那是民国元年（1912 年）的七月里。这回到杭州倒住得很久，一直住了近十年，可以说是很久的了。

---

① 此文最初发表于《佛教公论》第一卷第九号（1937.4.15 出版），文末标明讲演及重记时间为：“中华民国二十六年三月廿八日（旧二月十六日）上午九时在养正院讲。计九日晨于楼上重记。”题目下署：“弘一老法师讲，胜进居士笔记。”有改动。

我的住处在钱塘门内，离西湖很近，只两里路光景。在钱塘门外，靠西湖边有一所小茶馆，名景春园。我常常一个人出门，独自到景春园的楼上去吃茶。民国初年的时候，西湖那边的情形，完全与现在两样。那时候还有城墙及很多柳树，都是很好看的。除了春秋两季的香会之外，西湖边的人总是很少，而钱塘门外，更是冷静了。

在景春园的楼下，有许多的茶客，都是那些摇船抬轿的劳动者居多。而在楼上吃茶的就只有我一个人了。所以我常常一个人在上面吃茶，同时还凭栏看看西湖的风景。

在茶馆的附近，就是那有名的大寺院——昭庆寺了。我吃茶之后，也常常顺便地到那里去看一看。

当民国二年（1913 年）夏天的时候，我曾在西湖的广化寺里住了好几天。但是住的地方，却不在出家人的范围之内，那是在该寺的旁边，有一所叫做痘神祠的楼上。痘神祠是广化寺专门为着要给那些在家的客人住的。当时我住在里面的时候，有时也曾到出家人所住的地方去看看，心里却感觉很有意思呢！

记得那时我亦常常坐船到湖心亭去吃茶。

曾有一次，学校里有一位名人来演讲。那时，我和夏丏尊居士两人，却出门躲避而到湖心亭上去吃茶了，当时夏丏尊曾对我说："像我们这种人，出家做和尚倒是很好的。"那时候我听到这句话，就觉得很有意思。这可以说是我后来出家的一个远因了。

到了民国五年（1916 年）的夏天，我因为看到日本杂志中，有说及关于断食方法的，谓断食可以治疗各种疾病。当时我就起了一种好奇心，想来断食一下。因为我那个时候患有神经衰弱症，若实行断食后，或者可以痊愈亦未可知。要行断食时，须于寒冷的季候方宜。所以我便预定十一月来作断食的时间。

至于断食的地点呢？总须先想一想，考虑一下，似觉总要有个很幽静的地方才好。当时我就和西泠印社的叶品三君来商量，结果他说在西湖附近的地方，有一所虎跑寺，可作为断食的地点。那么，我就问他："既要到虎跑寺去，总要有人来介绍才对，究竟要请谁呢？"他说有一位丁辅之，是虎跑寺的大护法，可以请他去说一说。于是他便写信请丁辅之代为介绍了。因为从前那个时候的虎跑，不是像现在这样热闹的，而是游客很少，且是个十分冷静的地方啊。若用来作为我断食的地点，可以说是最相宜的了。

到了十一月的时候，我还不曾亲自到过。于是我便托人到虎跑寺那边去走一趟，看看在哪一间房里住好。看的人回来说，在方丈楼下的地方，倒很幽静，因为那边的房子很多，且平常的时候都是关起来，游客是不能走进去的。而在方丈楼上，则只有一位出家人住着而已，此外并没有什么人居住。等到十一月底，我到了虎跑寺，就住在方丈楼下的那间屋子里了。

我住进去以后，常常看见一位出家人在我的窗前经过，即是住在楼上的那一位，我看到他却十分欢喜呢！因此就时常和他谈话，同时他也拿佛经来给我看。

我以前虽然从五岁时，即时常和出家人见面，时常看见出家人到我家里念经及拜忏。可是并没有和有道的出家人住在一起，同时也不知道寺院中的内容是怎样，以及出家人的生活又是如何。这回到虎跑去住，看到他们那种生活，却很欢喜，而且羡慕起来了。

我虽然在那边只住了半个多月，但心里头却十分愉快，而且对于他们所吃的菜蔬，更是欢喜吃。及回到学校以后，我就请用人依照他们那样的菜煮来吃。

这一次，我之到虎跑寺去断食，可以说是我出家的近因了。及到民国六年（1917 年）的下半年，我就发心吃素了。

到了这一年放年假的时候，我并没有回家去，而是到虎跑寺里面去过年了。我仍旧住在方丈楼下。那个时候，则更感觉得有兴味了。于是就发心出家，同时就想拜那位住在方丈楼上的出家人做师父。他的名字是弘祥师，可是他不肯我去拜他，而介绍我拜他的师父。他的师父是在松木场护国寺里面居住的。于是他就请他的师父回到虎跑寺来，而我也就于民国七年（1918 年）正月十五日受三皈依了。

我打算于此年的暑假入山。而预先在寺里住了一年后，然后再实行出家的。当这个时候，我就做了一件海青，及学习两堂功课。在二月初五日那天，是我母亲的忌日，于是我就先于两天前到虎跑去，在那边诵了三天的《地藏经》，为我的母亲回向。到了五月底的时候，我就提前先考试。而于考试之后，即到虎跑寺入山了。

到了寺中一日以后，即穿出家人的衣裳，而预备转年再剃度的。及至七月初的时候，夏丏尊居士来。他看到我穿出家人的衣裳但还未出家，他就对我说："既住在寺里面，并且穿了出家人的衣裳，而不即出家，那是没有什么意思的。所以还是赶紧剃度好。"

我本来是想转年再出家的，但是承他的劝，于是就赶紧出家了。便于七月十三日那一天，相传是大势至菩萨的圣诞，所以就在那天落发。

落发以后，仍须受戒的，于是由林同庄君的介绍，而到灵隐寺去受戒了。

灵隐寺是杭州规模最大的寺院，我一向对着它是很欢喜的。我出家以后，曾到各处的大寺院去看过，但是总没有像灵隐寺那么的好。八月底，我就到灵隐寺去。寺中的方丈和尚却很客气，叫我住在客堂后面芸香阁的楼上。

当时是由慧明法师做大师父的。有一天我在客堂里遇到这位法师了，他看到我时，就说起：“既是来受戒的，为什么不进戒堂呢？虽然你在家的时候是读书人，但是读书人就能这样地随便吗？就是在家时是一个皇帝，我也是一样看待的。”那时方丈和尚仍是要我住在客堂楼上，而于戒堂里有了紧要的佛事时，方命去参加一两回的。

那时候我虽然不能和慧明法师时常见面，但是看到他忠厚笃实

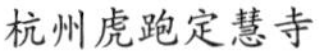
杭州虎跑定慧寺

的容色，却是令我佩服不已的。

受戒以后，我仍回到虎跑寺居住。到了十二月底，即搬到玉泉寺去住。此后即常常到别处去，没有久住在西湖了。

曾记得在民国十二年（1923 年）夏天的时候，我曾到杭州去过一回，那时正是慧明法师在灵隐寺讲《楞严经》的时候。开讲的那一天，我去听他说法。因为好几年没有看到他，觉得他已苍老了不少，头发且已斑白，牙齿也大半脱落。我当时大为感动，于拜他的时候，不由泪落不止。听说以后没有经过几年的工夫，慧明法师就圆寂了。

关于慧明法师一生的事迹，出家人中晓得的很多，现在我且举几样事情，来说一说。

慧明法师是福建汀州人。他穿的衣服毫不考究，看起来很不像大寺院法师的样子，但他待人是很平等的。无论你是大好佬或是苦恼子，他都是一样地看待。所以凡是出家在家的上中下各色各样的人物，对于慧明法师是没有一个不佩服的。他老人家一生所做的事固然很多，但是最奇特的，就是能教化“马溜子”（马溜子是出家流氓的称呼）了。寺院里是不准这班马溜子居住的。他们总是住在凉亭里的时候为多，听到各处的寺院有人打斋的时候，他们就会集了赶斋（吃白饭）去。在杭州这一带地方，马溜子是特别来得多。一般人总不把他们当人看待，而他们亦自暴自弃，无所不为的。但是慧明法师却能够教化马溜子呢。那些马溜子常到灵隐寺去看慧明法师，而他老人家却待他们很客气，并且布施他们种种好饭食、好衣服等。他们要什么就给什么。而慧明法师有时也对他们说几句佛法，以资感化。

慧明法师的腿是有毛病的。出来入去的时候，总是坐轿子居多。有一次他从外面坐轿回灵隐寺时，下了轿后，旁人看到慧明法师是没有穿裤子的，他们都觉得很奇怪，于是就问他道：“法师为什么不穿裤子呢？”他说他在外面碰到了马溜子，因为向他要裤子，所以他连忙把裤子脱给他了。关于慧明法师教化马溜子的事，外边的传说很多很多，我不过略举了这几样而已。不单那些马溜子对于慧明法师有很深的钦佩和信仰，即其他一般出家人，亦无不佩服的。

因为多年没有到杭州去了，西湖边上的马路洋房也渐渐修筑得很多，而汽车也一天比一天地增加，回想到我以前在西湖边上居住时，那种闲静幽雅的生活，真是如同隔世，现在只能托之于梦想了。

一九一九年弘一大师在杭州玉泉清莲寺留影

从容弘法的感悟

从我出家以后，一直到现在，近二十年的时间里，我一直在修持戒律，并且一直不曾化缘、修庙、剃度徒众，也不曾做过住持或监院之类的职务，甚至极少接受一般人的供养。有的时候供养确实无法推却，只好收下，然后转给寺庙。至于我个人的日常花用，一般是由我过去的几位朋友或学生来赞助的。因为我自开始修持戒律后，从律学的角度来讲，随便收受他人的馈赠，即便是施主真心真意的供养，也是犯了五戒中的盗戒；再者说，随便收受他人的馈赠，会滋养恶习，不利于修行，更不利于佛法的参悟。所以，我对金钱方面的事情，极为注意，丝毫不敢懈怠。记得我在出家后的第三年时，有位上海的居士寄钱给我，让我买僧衣和日常用品，我把钱退了回去，并婉言相告表示谢意。

在我出家的这二十年时间里，我先后在杭州的玉泉寺、嘉兴精严寺、衢州莲华寺、温州庆福寺等数十处寺庙住过，其中在温州的时间最长。现在这几年一直住在闽南，主要是在泉州和厦门。在闽南的这段时间，我一直是在写书，并将写成的书向僧众们讲解，将宣传戒律的决心付诸行动。

在闽南是我宣扬戒律最重要的时期，而其间让我感到欣慰的是，每到一处讲解戒律时，都会有众多的僧人前来听录，他们都非常认真。这前后跟我经常在一起的有性常、义俊、瑞今、广洽等十余人，他们都为我宣讲律学给予了不少的帮助。

自此可见，佛法的真实理论和修行的严谨方法，是众多出家人都渴望得到的，也因此我不再害怕佛法不能弘扬了。看来作为一个学道的人，只要心中有春意，就不用世俗的享受来愉悦自己，倒是世间的一切，均可以使自己感到快乐。更何况是为解脱世间众多受苦人的事业而努力，只要有一点成绩和希望，我们都应感到欣喜！

弘一大师僧人证

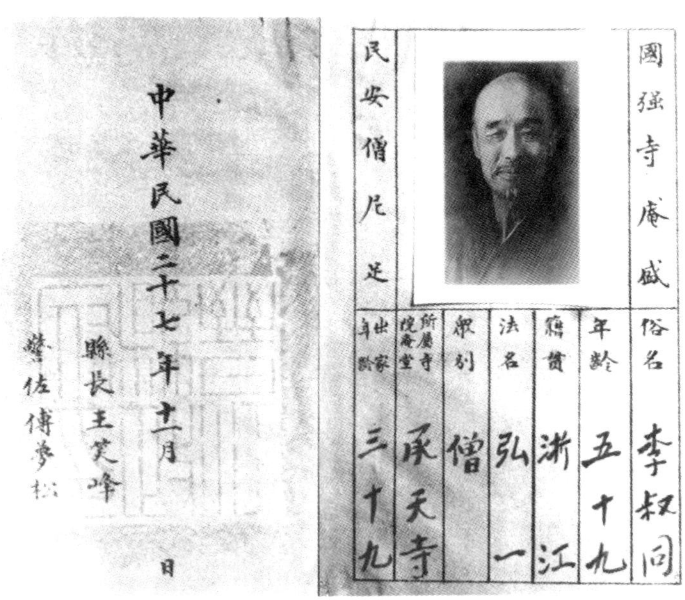

國強寺庵盛

民安僧尼足

俗名	年齡	籍貫	法名	僧別	所屬寺院庵堂	出家年齡
李叔同	五十九	浙江	弘一	僧	承天寺	三十九

中華民國二十七年十二月　日

縣長 王笑峰

警佐 傅夢松

另外对于佛教之简易修持法以及我与永春的因缘简述一下。我到永春的因缘，最初发起，是在三年之前，性愿老法师常常劝我到此地来，又常提起普济寺是如何如何的好。两年以前的春天，我在南普陀讲律圆满以后，妙慧师便到厦门请我到此地来，那时因为学律的人要随行的太多，而普济寺中设备未广，不能够收容，不得已而中止。是为第一次欲来未果。是年的冬天，有位善兴师，他持着永春诸善友一张请帖，到厦门万石岩去，要接我来永春。那时因为已先应了泉州草庵之请，故不能来永春。是以第二次没有来成。

去年的冬天，妙慧师再到草庵来接。本想随请前来，不意过泉州时，又承诸善友挽留，不得已而延期至今春。是为第三次也没有来成。

直至今年半个月以前，妙慧师又到泉州劝请，是为第四次。因大众既然有如此的盛意，故不得不来。其时在泉州各地讲经，很是忙碌，因此又延搁了半个多月。今得来到贵处和诸位善友相见，我心中非常欢喜。自三年前就想到此地来，屡次受了事情所阻，现在得来，满其多年的夙愿，更可说是十分地欢喜了。

南闽十年之梦影

我一到南普陀寺，就想来养正院和诸位法师讲谈讲谈。原定的题目是“余之忏悔”，说来话长，非十几小时不能讲完。近来因为讲律，须得把讲稿写好，总抽不出一个时间来，心里又怕负了自己的初愿，只好抽出很短的时间，来和诸位谈谈，谈我在南闽十年中的几件事情！

我第一回到南闽，在民国十七年（1928 年）的十一月，是从上海来的。起初还是在温州，我在温州住得很久，差不多有十年光景。

由温州到上海，是为着编辑《护生画集》的事，和朋友商量一切；到十一月底，才把《护生画集》编好。

那时我听人说：尤惜阴居士也在上海。他是我旧时很要好的朋友，我就想去看一看他。一天下午，我去看尤居士，居士说要到暹罗国去，第二天一早就要动身的。我听了觉得很喜欢，于是也想和他一道去。

我就在十几小时中，急急地预备着。第二天早晨，天还没大亮，就赶到轮船码头，和尤居士一起动身到暹罗国去了。从上海到暹罗，是要经过厦门的，料不到这就成了我来厦门的因缘。十二月初，到了厦门，承陈敬贤居士的招待，也在他们的楼上吃过午饭，后来陈居士就介绍我到南普陀寺来。那时的南普陀，和现在不同，马路还没有建筑，我是坐着轿子到寺里来的。

到了南普陀寺，就在方丈楼上住了几天。时常来谈天的，有性愿老法师、芝峰法师等。芝峰法师和我同在温州，虽不曾见过面，却是很相契的。现在突然在南普陀寺晤见了，真是说不出的高兴。

我本来是要到暹罗去的，因着诸位法师的挽留，就留滞在厦门，不想到暹罗国去了。

在厦门住了几天，又到小雪峰那边去过年。一直到正月半以后才回到厦门，住在闽南佛学院的小楼上，约莫住了三个月工夫。看到院里面的学僧虽然只有二十几位，他们的态度都很文雅，而且很有礼貌，和教职员的感情也很不差，我当时很赞美他们。

我在佛学院的小楼上，一直住到四月间，怕将来的天气更会热起来，于是又回到温州去。

第二回到南闽，是在民国十八年（1929 年）十月。起初在南普陀寺住了几天，以后因为寺里要做水陆，又搬到太平岩去住。等到水陆圆满，又回到寺里，在前面的老功德楼住着。

当时闽南佛学院的学生，忽然增加了两倍多，约有六十多位，管理方面不免感到困难。虽然竭力地整顿，终不能恢复以前的样子。不久，我又到小雪峰去过年，正月半才到承天寺来。

那时性愿老法师也在承天寺，在起草章程，说是想办什么研究社。

不久，研究社成立了，景象很好，真所谓“人才济济”，很有一种难以形容的盛况。现在妙释寺的善契师，南山寺的传证师，以及已故南普陀寺的广究师等，都是那时候的学僧哩！

研究社初办的几个月间，常住的经忏很少，每天有工夫上课，所以成绩卓著，为别处所少有。

当时我也在那边教了两回写字的方法，遇有闲空，又拿寺里那些古版的藏经来整理整理，后来还编成目录，至今留在那边。这样在寺里约莫住了三个月，到四月，怕天气要热起来，又回到温州去。

民国二十年（1931 年）九月，广洽法师写信来，说很盼望我到厦门去。当时我就从温州动身到上海，预备再到厦门；但许多朋友都说时局不大安定，远行颇不相宜，于是我只好仍回温州。直到转年（即 1932 年）十月，到了厦门，计算起来，已是第三回了。

到厦门之后，由性愿老法师介绍，到山边岩去住。但其间妙释寺也去住了几天。

那时我虽然没有到南普陀来住，但佛学院的学僧和教职员，却是常常来妙释寺谈天的。

民国二十二年（1933 年）正月廿一日，我开始在妙释寺讲律。这年五月，又移到开元寺去。当时许多学律的僧众，都能勇猛精进，一天到晚地用功，从没有空过的工夫；就是秩序方面也很好，大家都啧啧地称赞着。

有一天，已是黄昏时候了，我在学僧们宿舍前面的大树下立着，各房灯火发出很亮的光；诵经之声，又复朗朗入耳，一时心中觉得有无限的欢慰！可是这种良好的景象，不能长久地继续下去，恍如昙花一现，不久就消失了。但是当时的景象，却很深地印在我的脑中，现在回想起来，还如在大树底下目睹一般。这是永远不会消灭，永远不会忘记的呀！

十一月，我搬到草庵来过年。

民国二十三年（1934 年）二月，又回到南普陀。当时旧友大半散了；佛学院中的教职员和学僧，也没有一位认识的！我这一回到南普陀寺来，是准了常惺法师的约，来整顿学僧教育的。后来我观察情形，觉得因缘还没有成熟，要想整顿，一时也无从着手，所以就作罢了。此后并没有到闽南佛学院去。

讲到这里，我顺便将我个人对于学僧教育的意见，说明一下：

我平时对于佛教是不愿意去分别哪一宗、哪一派的，因为我觉得各宗各派，都各有各的长处。但是有一点，我以为无论哪一宗哪一派的学僧，却非深信不可，那就是佛教的基本原则，就是深信善恶因果报应的道理——善有善报，恶有恶报；同时还须深信佛菩萨的灵感！这不仅初级的学僧应该这样，就是升到佛教大学也要这样！善恶因果报应和佛菩萨的灵感道理，虽然很容易懂，可是能彻底相信的却不多。这所谓信，不是口头说说的信，是要内心切切实实去信的呀！咳！这很容易明白的道理，若要切切实实地去信，却不容易啊！……

倘品行道德仅能和俗家人相等，那已经难为情了。何况不如？又何况十分地不如呢？……咳！……这样他们看出家人就要十分地轻慢，十分地鄙视，种种讥笑的话，也接连地来了……

记得我将要出家的时候，有一位在北京的老朋友写信来劝告我，你知道他劝告的是什么，他说：“听到你要不做人，要做僧去……”咳！……我们听到了这话，该是怎样地痛心啊！他以为做僧的，都不是人，简直把僧不当人看了！你想，这句话多么厉害呀！出家人何以不是人？为什么被人轻慢到这地步？我们都得自己反省一下！我想这原因都由于我们出家人做人太随便的缘故；种种太随便了，就闹出这样的话柄来了。

……

以上是我个人对于学僧教育的一点意见。下面我再来说几样事情：

我于民国二十四年（1935 年）到惠安净峰寺去住。到十一月，忽然生了一场大病，所以我就搬到草庵来养病。这一回的大病，可以说是我一生的大纪念！我于民国二十五年（1936 年）的正月，扶病到南普陀寺来。在病床上有一只钟，比其他的钟总要慢两刻，别人看到了，总是说这个钟不准，我说："这是草庵钟。"别人听了"草庵钟"三字还是不懂，难道天下的钟也有许多不同的么？现在就让我详详细细地来说个明白。

我那一回大病，在草庵住了一个多月。摆在病床上的钟，是以草庵的钟为标准的。而草庵的钟，总比一般的钟要慢半点。我以后虽然移到南普陀，但我的钟还是那个样子，比平常的钟慢两刻，所以"草庵钟"就成了一个名词了。这件事由别人看来，也许以为是很好笑的吧！但我觉得很有意思。因为我看到这个钟，就想到我在草庵生大病的情形了，往往使我发大惭愧，惭愧我德薄业重。我要自己时时发大惭愧，我总是故意地把钟改慢两刻，照草庵那钟的样子，不只当时如此，到现在还是如此，而且愿尽形寿，常常如此。

以后在南普陀住了几个月，于五月间，才到鼓浪屿日光岩去。十二月仍回南普陀。到今年民国二十六年（1937 年），我在闽南居住，算起来，首尾已是十年了。回想我在这十年之中，在闽南所做的事情，成功的却是很少很少，残缺破碎的居其大半，所以我常常自己反省，觉得自己的德行，实在十分欠缺。因此近来我自己起了一个名字，叫“二一老人”。什么叫“二一老人”呢？这有我自己的根据。

记得古人有句诗：“一事无成人渐老。”清初吴梅村（伟业）临终的绝命词有：“一钱不值何消说。”这两句诗的开头都是“一”字，所以我用来做自己的名字，叫做“二一老人”。

因此我十年来在闽南所做的事，虽然不完满，而我也不怎样地去求他完满了。

诸位要晓得，我的性情是很特别的，我只希望我的事情失败，因为事情失败、不完满，这才使我常常发大惭愧！能够晓得自己的德行欠缺，自己的修善不足，那我才可努力用功，努力改过迁善。一个人如果事情做完满了，那么这个人就会心满意足，洋洋得意，反而增长他贡高我慢的念头，生出种种的过失来。所以还是不去希望完满的好。不论什么事，总希望他失败，失败才会发大惭愧！倘若因成功而得意，那就不得了啦！

我近来，每每想到“二一老人”这个名字，觉得很有意味。这“二一老人”的名字，也可以算是我在闽南居住了十年的一个最好的纪念。

一九四二年摄于泉州

心志要苦意趣要樂

氣度要宏言動要謹

心志要苦，意趣要乐

气度要宏，言动要谨

日日行不怕千万里
常常做不怕千万事

贰

学会艺术地生活

浅谈书法[①]

一、缘起

几位友人及学生都说我的书法好，其实是过誉了。朽人虽爱好书法、音乐等艺术，但自愧生来没有什么天赋，仅天性喜好而已！至于艺术成就，则自视没有少许悟性，所以没有“成就”可言了。

但几位同好书法之友人一再相邀，几番推辞不得，故只好不揣浅薄，在此与大家妄谈。

为了方便大家了解，我拟从书法流派及其发展简史谈起，以助诸君知其概貌，粗窥书法之历史脉络。

二、五大书体及其流派

书法，顾名思义就是书写文字的规则或方法，用以记录或传递

① 本文是李叔同出家后，于1937年3月28日在厦门南普陀佛教养正院所做演讲之记录，由高文显记录。限于篇幅，本文未选录《历代书法家及其作品》一节。

信息，故文字不可不重视。然而，各国的文字，因其产生之年代与人们认识的不同，故在结构、分布及至章法多不相同；甚至一国文字，因历史变迁之不同，而有不同之形体，故有书体及流派之由来。

古书云“书画同源”，而实际亦如此。以我国汉字为例，即从形象之图画开始的，后来书法成为一门艺术，即是“字如画”或“画如字”，自有它的艺术魅力所在。

自秦汉以来，不少书法名家多为书画大家，甚而融字之法入画，或融画之势入字，颇有开创之大家，故有五体流派之由来。

进而述之——工笔中之人物，其脸或手，或臂，或衣褶，多为玉筋篆的笔法；再者，花卉画中之花、瓣、茎、叶，亦是篆书的笔法，故而线条或流畅柔软，或坚硬如铁，可证以书绘画者也。而绘画之腕力、手势，与书法主力度与技法，亦多有默然相契之处，此为“以画入笔者”之明证也。

若论书体，一般称正、草、隶、篆及行书，共称“五体”。现从发展之次序，首以甲骨文为先，次为钟鼎文、石鼓文、大篆、小篆，以上是“古文”的范畴；而后才有隶、草等体。现简要讲一下它们的历史由来及其流派。

（一）古文

1. 甲骨文

甲骨文为我国最早的文字形式，是以商代和西周早期（约公元前 16—前 10 世纪）的龟甲、兽骨为载体的文献，此为已知的最早的汉语文献形态。

早期那些刻在甲骨上的文字曾被称为“契文”“甲骨刻辞”“卜辞”或“殷墟文字”，现通称为“甲骨文”。因商、周时期的帝王，凡诸事多用龟甲或兽骨进行占卜，以察吉凶或定国事，后将占卜之结果刻于甲骨之上方便保存，此即为“甲骨文”之由来。

当然，除占卜吉凶外，甲骨文内容涉及面亦广，如天文、历法、气象、地理、封地、世系、家族、人物、官职、征伐、刑狱、农业、田猎、宗教、祭祀、疾病、生育、灾祸等，故甲骨文是研究我国古代——尤其商代的社会历史、文化及语言文字极为珍贵之资料，已发掘的甲骨文献中的殷商甲骨卜辞，主要是殷墟甲骨。

殷墟甲骨是商代自盘庚迁殷至帝辛（商纣王）二百七十余年间的遗物，大多数出土于河南安阳小屯村或其附近。自清光绪二十五年（1899 年）被发现后，大量有字甲骨遭私人滥掘，并为古董家、学者和一些驻中国的外国传教士所收集。民国十七年（1928 年）秋才由国立中央研究院历史语言研究所组织人员进行科学发掘。

最早编纂甲骨文献的人是江苏丹徒的刘鹗。光绪二十九年（1903 年），刘鹗在罗振玉的帮助下，编纂并出版了历史上第一部甲骨文集《铁云藏龟》，因此，研究甲骨文早期贡献最大的是金石学家罗振玉。

当时人们尊尚鬼神，遇事占卜，他们把卜辞刻在龟甲和兽骨的平坦面上，涂上红色标示吉利，黑色标示凶险。这些文字皆用刀刻，大字约一寸见方，小字如谷粒，或繁或简，精致非凡。

2. 金文

比甲骨文稍晚出现的是金文，金文也叫“钟鼎文”。商、周是青铜器的时代，青铜器的礼器则以鼎为代表，乐器以钟为代表，“钟鼎”常常作为“青铜器”之代名词。金文（或钟鼎文）就是指铸在或刻在青铜器上的铭文。

以内容而言，金文的内容多为当时祀典、赐命、诏书、征战、围猎、盟约等活动（或事件）记录，皆反映当时之社会生活。金文字体整齐遒丽，古朴厚重。相对甲骨文而言，化板滞为流畅，变化多且丰富。以字体而言，金文基本上属籀（大篆）体。

周宣王时所铸之《毛公鼎》，上面的金文极具有代表性，其铭文共32行，共497字，是出土之青铜器铭文中最长者。《毛公鼎》铭文的字体结构严整，瘦劲流畅，布局不弛不急，字之位置排列得当，是金文作品中之杰出者。此外，《大盂鼎》铭、《散氏盘》铭亦是金文中难得之作。

古文中除殷墟甲骨较为著名外，钟鼎方面有《盂鼎》《小盂鼎》《散氏盘》《毛公鼎》，乃至《三体石经》中的古文。

3. 篆书

“篆”者，依《法书考》解释：“篆者，传也，传其物理，施之无穷。”谓为传递事物的信息或道理，可以传承、延绵，以至无穷。

《说文》云：“篆，引书也。”谓引笔而书，引书成画，积画成形，形以象字之意也。在六书中，指事、形声、会意、转注、假借皆以象形为基础而来。故象形字为最早之文字形状，亦是篆字的主要特征，此为其一。

篆书特征之二，是其笔画有转无折，一切转弯之笔画，都成圆转而成，无有方折。

此所谓“篆”为广义的“篆”，泛指秦代与秦代以前的各种字体。在漫长的历史演变过程中，经多次的变化，其历史可分三阶段，即：古文（包括甲骨文、钟鼎文等）、大篆（籀书）和小篆。

大、小二篆，虽出自钟鼎甲骨，但依然为原始字体。唐代孙过庭曾在《书谱》中说过：“篆尚婉而通。”就是说篆书的笔画必须婉转而通顺；所谓通顺，指转弯的笔画没有方折笔势，而成圆转。

秦时，隶书自小篆中出，渐成新的字体，当时还是隶书的初形。

至汉代时，隶书渐兴，时为以后，此一时期为隶书成熟期、壮年时期，是隶书当道的典型时期。作为实用文字，二篆逐渐退位让于隶书；但作为书法艺术，仍有名家，如汉相萧何所作，时称“萧籀”。后汉篆书名家中有位名叫曹喜的，时称“篆书之工，收名天下”，史书中说他“喜倾慕李斯笔势，少异于斯而亦称善。”此人喜尤工悬针篆、垂露篆与薤叶篆。

另外，后汉名家还有蔡邕，他是《熹平石经》的书写人，著有《篆势》，史书中说他“蔡邕书采斯喜之法，为古今杂形”。此外，许慎工小篆，师法李斯，笔法奇妙，著有《说文解字》十四篇，对后世影响极大，承传了篆（籀）书法度，成为后世学习之圭臬，曾被奉为“楷书正误”的标准。后汉著名篆书遗迹中的《嵩山少室》《开母庙》和《西岳庙》三石阙，还有汉碑篆额若干种。

至魏晋南北朝时期，虽楷、行、草等书体均已诞生，而仍不乏篆书名家。如魏时《正始三体石经》上的古文和小篆，可谓汉篆的典型。而《吴禅国山碑》篆法严整，《天发神谶碑》则由转而折、由圆而方，名为篆书，已显隶书之韵意。晋时的《安邱长城阳王君神道碑》，其篆书笔法多方头尖尾，略带挑法。

此外，宋代范晔工草隶，尤善小篆；梁代萧子云："创造小篆飞白，意趣飘然。"欧阳询评云："萧侍中飞白，轻浓得中，如蝉翼掩素。"另，梁代庚元威善作百体书，并作杂体篆二十四种，这些亦是篆书名家。

唐代之篆书名家首推李阳冰，史书中说他的篆书"变化开阖，如虎如龙，劲利豪爽，风行雨集"。他自己也说过："（李）斯翁之后，直至小生，曹喜、蔡邕不足信也。"唐代吕总说他："李阳冰书若古钗倚物，力有万夫。李斯之后，一人而已。"史书中说他的《乌石山般若台题名》《处州新驿记》《缙云城隍庙记》《丽水忘归台铭》为"阳冰四绝"；另有《李氏三坟记》《唐公德政颂》，以及"听松"二字，都很有名。

五代两宋时期工篆书者亦不少。较著者为徐铉、徐锴兄弟，世称"二徐"（铉为"大徐"，锴为"小徐"）。兄弟二人皆好李斯小篆，造诣颇深。徐铉遗迹有《篆千文》《温仁朗碑额》等。徐锴著有《说文解字系传》40卷，《说文解字篆韵谱》5卷。除"二徐"外，较著者尚有郭忠恕、僧人释梦英等。

郭忠恕，字恕先，著有《汉简》一书；作品则有《重修五代汉高祖庙碑》《怀嵩楼记》等传世。

释梦英（僧），衡州人，号宣义，工"玉箸篆"，有《千字文》《夫子庙堂记》《妙高僧传序》等传世；著作有《篆书偏旁字源》。

元代时，篆书成就较大者，如赵孟頫、吾邱衍、周伯琦等人。赵孟頫篆书多见于碑额及墓志铭盖。吾邱衍著有《学古编》《三十五举》《周秦石刻音释》《学古编》《印式》等专论“篆法”之著作。周伯琦有《李公岩》《临石鼓文册》等传世，著有《六书正讹》《说文字原》二书。

明代篆书名家中，以李东阳最为有名，其小篆清劲入妙，卓尔超群，自成一家。赵宧光根据《天玺碑》而小变其体，创作草篆，颇具个人特色。程南云、景阳、徐霖、陈淳、王谷祥等人亦是有名之书法家，他们多承宋、元遗风。

清代篆书名家则比前代更多，以清康熙时期的王澍为最为有名，此人篆书谦和朴实，一时顿称“无双”。江声的篆书兼《石鼓》《国山》之遗意，故成一代名家。清乾隆时的洪亮吉、孙星衍、钱坫、桂馥等亦以篆（籀）书著称，而尤以钱坫为杰出。清嘉庆时期，有名家邓琰（石如）崛起，其篆法出入二李（李斯、李阳冰），包世臣在《艺舟双楫》中将其推为“神品第一”。清代篆书名家多笃守阳冰之法，邓琰则一改往习，以隶笔而为篆书，对后世影响极大。清道光年间，黄子高篆法俊健，直追邓琰之风。又有何绍基以颜真卿之笔法作篆，圆融茂密、刚劲有力，终成一格。至清末乃有杨沂孙、泗孙兄弟二人均从《石鼓》入手，参以钟鼎款识，自谓“历劫不磨”。后有吴大澂，所写篆文平整匀净、凝重简练，中年以后杂以古籀，另辟蹊径，终成高手。吴芷舲则以汉碑篆额、汉印篆法，参以《开母庙》《国山》《天发神谶》等碑刻，于邓、钱二家之外独树一帜。

此为篆书演变之脉络，所述或许不全，容后来者补之改之可也！

4. 大篆

大篆，起于西周晚年，春秋、战国间通行于秦国，字体与秦篆相近，但字形构形多为重叠；因著录于《史籀篇》，故称“籀文”，籀文是秦统一中国前流行之文字。

《史籀篇》乃用首句为篇名，实非人名。《史籀篇》取多少字已不可知，许慎《说文解字》中举出220余个不同的字。

大篆著名碑帖有《石鼓文》《秦公敦铭》。李斯小篆著名遗迹有《泰山刻石》。据传《会稽刻石》和《峄山刻石》亦李斯作品，但传世的据说都是宋郑文宝重刻的南唐徐铉摹本。《琅琊台刻石》传为李斯所书。

籀文，又称“石鼓文”，以周宣文时的太史籀所书因而得名。他在原有文字的基础上进行创新，并刻于石鼓上而得名，石鼓文是流传至今最早的刻石文字，为石刻之祖。

隋唐之际，在天兴县（今陕西省凤翔县）发现了十个石碣，样子像鼓，故起名为“石鼓”，上面的文字也因此而称为“石鼓文”。每个石鼓上都刻着一首六七十字的四言诗，据专家考证，这些石鼓乃春秋末年至战国初年的物品，上面的诗是歌颂秦王的；石鼓文为现存最早的石刻文字。

5. 小篆

小篆，又名“秦篆”，因相传为秦国丞相李斯所创，故名。小篆为通行于秦代之文字。其字体形体偏长，匀圆齐整，由大篆衍变而来。东汉的许慎《说文解字·序》称：“秦始皇帝初兼天下……罢其不与秦文合者。（李）斯作《仓颉篇》，中车府令赵高作《爰历篇》，太史令胡毋敬作《博学篇》，皆取《史籀》大篆，或颇省改，所谓‘小篆’者也。”今存《琅琊台刻石》《泰山刻石》残石，即小篆代表作。自李斯以后，唐代李阳冰、五代的徐铉、近人邓石如等皆以篆书见长。

自甲骨文、钟鼎文、大篆发展到春秋战国时，各国删繁就简，各行其令，故文字极不统一。秦灭六国后，秦王采纳丞相李斯之意，进行文字改革，故有六国文字统一之事。据记载，参加统一文字工作的人有赵高、程邈、胡毋敬等。但依《说文解字》收列 9353 字，所举须要改革的篆文只有 225 字，所以不能说李斯“创造了”小篆。相传，秦代金、石刻文皆出李斯之手，此为李斯的杰出功绩，其对秦统一文字、简化文字的贡献亦是功德不小。

自周平王于公元前七七〇年东迁洛阳（河南）后，五百余年，经历诸侯兼并的春秋时期和七国争霸的战国时期；语言方面，则出现了“言语异声”“文字异形”的现象。据史料记载，只“宝”字的写法，当时就有 194 种不同形态；“眉”字的写法也有 104 种；“寿”字的写法亦在百种以上。这些异形的文字，有的字体柔婉流动、疏密夸张，有的体势纵长、结构怪异，此为书法艺术新的里程碑。

公元前二二一年，秦始皇统一天下，为了便于统治，故在文字上实行了“书同文字”的政策，“罢其不与秦文合者”。秦文是沿袭西周的文化传统，在“金文”“籀文”（大篆）基础上发展起来的一种书体，故秦文又称“秦篆”，后人又用“小篆”称之，以区别于“大篆”。

秦代刻石保存小篆书迹稍多，以秦始皇所立诸石最为重要，《琅琊台刻石》《泰山刻石》及其拓本残存《始皇廿六年诏》等最能见其真相。据《史记・秦始皇本纪》言，秦始皇曾经在东巡中立了六块碑刻，今所存者仅《泰山刻石》《琅琊台刻石》两种，秦刻石传出自李斯之手。

《泰山刻石》为公元前二一九年时所刻，原石毁于清乾隆五年（1740 年），今存十字，其笔画俭约，结体规矩、典雅。

《峄山刻石》是秦篆（即小篆）的代表之作，字的点划均为线条，粗细一致，圆起圆收；字体端庄严谨，有实有虚，疏密得当，显得从容平和，而且刚劲有力，故后人有评云："画如铁石，千钧强弩。"《峄山刻石》的字结构上紧下松，垂脚拉长，有居高临下的俨然之态，似乎读者须仰视而观；在章法上行列整齐，规矩和谐。秦刻石在总体上从容、俨然、强健的艺术风范与当时秦王朝的时代精神是统一的。《峄山刻石》原石被后来三国时期的曹操登山时毁掉了，但留下了碑文。

《峄山刻石》今所传者为宋代郑文宝所摹刻，《峄山刻石》翻刻的有很多，而尤以郑氏为最精。

以上诸碑是秦篆的典型，其特点是用笔匀净、劲瘦，提笔疾过，圆融峻俨，其笔法又有"玉筋""钗骨"之说，所以秦篆又称"玉筋篆"。

（二）隶书

隶书，又称"隶文""隶字"，是我国自有文字以来第二大书体。因原来用以辅助篆书，故又称"左书""佐书"或"佐隶"，此几种叫法随着隶书取代篆书而逐渐不用。

古时，书家多谓隶书是秦代程邈所创，直到近代方才认为隶书是自然演变而来的。隶书从秦代开始，经长期发展、演化，至东汉末年进入成熟期，这时楷书也逐渐出现。东汉末年，钟繇任黄门侍郎之职，他能写隶、楷、行、草诸体，尤善于楷书。他所书之楷体，世称“开创了由隶到楷的新貌”；而此时楷书已渐占统治地位，但隶书作为一种书法、一种艺术，仍为世人所喜爱，故能流传至今。

随后，隶体不断地变化发展，其书体之特征为：笔画比篆书复杂而多变，不但有横、直、折、勾，还出现点、戈、撇、捺；笔法是方圆并用，方多于圆；逆锋、藏锋、回锋兼施；行笔是中锋、偏锋都有或同时存在；其笔法的典型特点是有波势、用挑法，即平常所说的“蚕头凤尾”，字的形状也由长而为扁平。

隶书从秦隶到汉隶，最后又过渡到唐隶，其间还经过众说纷纭的“八分”，如后所述。

清代以隶书著称者有郑簠、陈恭尹、顾蔼吉、桂馥、邓琰（石如）、黄易、伊秉绶、陈鸿寿、赵之琛、何绍基、俞樾、徐三庚等人，其中，郑簠、陈恭尹、顾蔼吉为专工隶书者；而桂馥、邓琰、黄易、伊秉绶、陈鸿寿、徐三庚等人篆字亦不亚于他们的隶书成就；至于邓琰，虽以篆刻著称，而其所写隶书苍劲浑朴、卓尔超群，所自成一家，是隶书中难得一见之珍品。

1. 秦隶

早期的隶书，因初脱胎于小篆，故虽比小篆简捷，但仍保留篆书的较多笔势、笔意，其字多是半篆半隶、浑然一体，用笔变圆为方折，多用中锋圆笔，此时的隶书尚无波、挑，保存了篆字细长的字形，章法参差交错，变化随意而为，不受界格之所局限，如《秦权》《云梦秦简》或西汉时的碑刻。

2. 汉隶

此时的隶书，已是发展成熟的隶书，为隶书的典型时期。一般所谓“隶书”，多指这一时期的隶书。已完全摆脱篆书笔意而成全新之书体，其主要特色为“波磔披拂，形意翩翩”；用笔“藏锋逆入”“逆入平出”或“翘首举尾，直刺邪掣”，多为“蚕头凤尾”势；笔画有粗有细，轻重相应；字形亦由长方而成方扁。

隶书，以汉隶为主体；汉隶，则以后汉时的隶书为准则。在后汉隶书中，有名的碑刻很多，如《斐岑纪功碑》《西狭颂》《夏承碑》《张迁碑》《子游残碑》《鲜于璜碑》《礼器碑》《曹全碑》《熹平石经》《史晨碑》《石门颂》《杨淮表记》《仓颉庙碑题铭》等，这些碑刻风格不同、笔法互异，按其笔法大致可分“方笔”“圆笔”两大类；但按其风格、神韵，则可分为五大流派：

（1）如《乙瑛碑》《史晨前后碑》《礼器碑》《华山庙碑》等属“圆润瘦劲、端整精密”的一派，以“法度谨严、笔意飞动”见称，乃隶法之正宗。

（2）如《曹全碑》《孔宙碑》《孔彪碑》等属“秀丽工整、圆静多姿”的一派，是汉隶中之精品。

（3）如《张迁碑》《鲜于璜碑》《西狭颂》《衡方碑》等属于“方整宽厚、峻宕雄强”的一派，为隶书中之佳作。

（4）如《石门颂》《杨淮表记》《封龙山颂》《开通褒斜道石刻》等，属“风神纵逸、气势奔放”的一派，亦难得之石刻。以上各碑，除《封龙山颂》外皆为摩崖石刻；而花岗石石质坚硬，颗粒较大，虽无法刻得秀丽严谨、粗细有形，然而恰能体现隶书“飘逸奔放”

的风格。

（5）又如《郙阁颂》《夏承碑》《君子残石》等属“意态奇古、气度宽阔”的一派，亦是难得一见的书法作品，多为书法家所爱。

（三）楷书

楷书，即楷体书法，是从汉末、魏晋时起直至近代广泛流行的书体，是我国第三大书体。

楷书，又称“正书”“真书”。楷有“楷模”“法度”“标式”等义，最初用以称呼书体。晋代卫恒《书势》云：“上谷王次仲，始作楷法。”所说“楷法”为“八分楷法”，即间乎隶、楷之间的“八分”书体；近世所谓的“楷书”，非指“八分楷法”，乃指脱尽隶笔、隶意的正书楷体，故楷体又称“正书”。从形成的角度讲，钟繇所写的楷字即是“正书”，虽他的字尚有隶书的笔意在，但说楷书起自汉末也是可以的。

楷书之特征有三：其一，笔画端正，结体整齐，工妙在点、画，神韵体现于结体——楷字多平正齐整、端庄大方、结构严谨，正如宋代苏轼所说：“大字难于结密而无间，小字难于宽绰而有余”，故楷书“严整而不失飘扬、犀利刚劲而似飞动”。其二，笔画有规律可求——如“永字八法”即是习楷之范例，故有规律可循，即一切楷书的笔画皆可纳于“八法”之中。其三，起止三折笔——“运笔在中锋”是楷书的典型笔法，运笔中锋，则字多遒润。

楷书的体势和风格流派较多，然就其基本规格而言大同小异。其小异可分为三：一是肥、瘦之分，肥厚者如颜体，瘦挺者如柳体；

尚有极瘦者，如瘦金书。二有长、方之别，正方者如褚体，长方者如欧体。三是朴、媚之异，淳朴者如虞体，妩媚者如赵体。

楷书的著名流派，多出现在魏、晋、唐、宋之间，后分为南、北两大体系。

南系楷书的著名流派，首推钟、王，此为魏晋时期楷书开宗立派之主要代表。钟即钟繇，王指二王：“大王”王羲之，“小王”王献之。钟、王的楷书，秀丽挺拔，备尽法度。钟繇的《宣示表》，王羲之的《黄庭经》《乐毅论》，王献之的《洛神赋十三行》，都是他们的著名墨迹。钟、王之后，欧（阳询）、虞（世南）、褚（遂良）、薛（稷）相继于后；其次，又有颜（真卿）、柳（公权）、赵孟頫等书法家横空出世，这些书法大家多有自创，终成一家风格。后世所说的“欧体”“颜体”“柳体”即是指他们的楷书风格而言。

北系楷书的著名流派源自魏时的碑帖。魏碑，乃是界乎隶、楷之间的一个流派，亦是重要的楷书体系，是书法中珍贵之宝藏。最早以索靖为代表，而后方形成“北系”书法体系。北系楷书的书法遗迹主要是石刻碑铭，且多没有记载书写者姓名，因此北系楷书不是依书法家的风格而定，而是以碑帖名称来区分流派，传世碑帖中，最为有名者有《谷朗碑》《郑文公碑》（魏）、《张猛龙碑》（魏）、《龙门造像诸品》（魏）等。另，除魏碑外，尚有少量晋碑及南朝宋、梁时碑，如《爨宝子碑》（东晋）、《爨龙颜碑》（南朝宋）、《瘗鹤铭》（南朝梁）、《石门铭》（魏）、《张玄墓志》（魏）。至清代时，有书家阮元首倡碑学，包世臣继之，近人康有为接踵而起，大兴“尊碑卑唐”之风，故而使碑学大盛。

1. 欧体

为欧阳询所创，其字正书结构，“易方为长，以就姿媚”“四面停匀、八方平正”“书如凌云台，轻重分毫无负”“笔备众美，翰墨洒落”，此即史书所说欧体之风格，欧体著名碑帖有《九成宫醴泉铭》《皇甫碑》《化度寺碑》。

2. 虞体

为虞世南所创，其字偏长，略同于欧体，字形工整齐备、不倾不倚，法遵“二王”（王羲之、王献之），严谨洒脱，如《孔子庙堂碑》。

3. 褚体

为褚遂良所创，其书丰润劲炼、清远古雅，用笔方、圆兼容，间含隶意；结体婉畅，用笔多变、中侧兼收、顺逆并用，其书对后世影响极大。著名碑帖有《孟法师碑》《大字阴符经》《雁塔圣教序》等。

4. 薛体

为薛稷所创，其书得欧、虞、褚、陆之遗风；其师承血脉近于褚遂良。此人用笔纤瘦有力，结字疏通流畅。著名碑帖有《封中岳碑》《郑敞碑》《杳冥君铭》等。

5. 颜体

为颜真卿所创，其字探源篆隶，楷法谨严，放而不流，拘而不拙，结字方圆，笔法肥劲，如《多宝塔》《东方画赞》《勤礼碑》《麻姑仙坛记》《颜氏家庙碑》。

6. 柳体

法出颜真卿，后独创一格、自成一家，其字笔意瘦挺，体势骨力遒劲、爽利挺秀。著名的碑帖有《玄秘塔碑》《神策军碑》等；

尤其是《神策军碑》，可看出柳字与颜字之间的关联或渊源。

7. 赵体

为赵孟頫所创，世称“赵体”。其字以“风流、和婉”著称，其书风遒媚秀逸、和婉适中，结体严整、笔法圆熟；著名碑帖有《妙严寺记》《三门记》《妙法莲花经》《信心铭》等。

宋代楷书，首推蔡襄。蔡襄，宋代杰出书法家，“宋代四大家”之一。其书风格意取晋、唐，恪守法度，以神佳为度，讲究古意，书云“端劲高古，容德兼备”，为开启宋代书派主流之代表。蔡襄之字师法蔡邕、崔纾，后崛然独起。初学周越，其字变体出于颜真卿；年轻时，其字明劲有力，晚年则回归淳朴恬淡、婉美妍媚；他的大字端庄沉着，小字则秀丽多姿。大楷作品有《洛阳桥记》《有美堂记》《昼锦堂记》等，小楷如《茶谱》《集古录序》等。

宋徽宗赵佶，正书笔势劲逸，初学薛稷，后变其法度，独创一格，自号为“瘦金书”，对后世楷书亦有较大影响。

元代著名书家赵孟頫，善篆、隶、真、行、草书，尤以楷、行书著称于世。

明代楷书较著名者有董其昌，他初学颜、虞，后改钟、王，后终成一家。

清代楷书名流有钱沣、何绍基，其楷法皆学颜真卿。钱沣之字，结体严整，气势雄伟；何绍基之字则体势遒劲，气势流畅，此二人对清代楷法影响较大。

以上为楷书之简要脉络。

前文所谈楷书碑帖，多以大楷、中楷为主；而小楷名帖则较少，主要有钟繇的《荐季直表》、王羲之的《东方朔画赞》《乐毅论》《黄庭经》《曹娥碑》、王献之的《洛神赋十三行》、钟绍京《灵飞经》、赵孟頫的《道德经》、文徵明的《醉翁亭记》《雪赋·月赋合册》等。

（四）草书

草书，即草体书法。草为“草创”“草藁”之意，章草和今草为草书的两大主要流派，代表其发展之两大阶段。

1. 章草

章草由隶书演化而来，沿用隶书章法，横画上挑，左右波磔分明。“笔有方圆，法兼使转”，结体“古雅平正、内涵朴厚”。唐代孙过庭于《书谱》中说“章务险而便”。唐代张怀瓘在《书断》中说：“此乃存字之梗概，损隶之规矩，纵任奔逸，赴速急就。”可见章草就是隶书过渡到草书之特有形态，或称“隶草”。

章草著名的碑帖有西汉史游的《急就章》、东汉张芝的《秋凉平善帖》、东晋王羲之的《豹奴帖》，西晋索靖的《出师颂》也是章草精品；另有西晋陆机的《平复帖》，西晋索靖的《月仪》《载妖》帖也颇可观。自今草兴起后，章草势微，传世的有唐代褚遂良的《黄帝阴符经》等。

2. 今草

今草由章草演变而来，此时已完全脱离章草之隶书痕迹，故字更显潇洒、奔放和流畅。今草流派较多，大致可分为三支：

（1）小草：唐代孙过庭在《书谱》中说：“草贵流而畅。”故小草特征以“流注、顺畅”为主；运笔多用转法，故字多显“韵媚、婉约”，而法度较为谨严，字字区分，不作连续带笔，意态飞舞奔放、随意流畅。著名碑帖以孙过庭《书谱》为代表，故小草派又称“书谱派”。另有隋代智永《千字文》亦是有名的代表作。

（2）大草：又名“狂草”，唐代张怀瓘《书断》中说：“字之体势一笔而成，偶有不连，而血脉不断，及其连者，气候通其隔行。”所以“大草”又名“一笔书”。其特点是于小草笔法之上，进而成为“字字相连、体势连绵”的笔势，其字笔意奔放、变化万千、首尾呼应，故气势贯穿一体、融会一如。著名碑帖有张芝的《知汝殊愁帖》，张旭的《肚痛帖》《古诗四首》，怀素的《自叙帖》《食鱼帖》，都是大草或狂草的典型作品。

（3）行草即草书、行书夹杂之字体，其早期形态为“藁书”（即“相闻书”），一般用于尺牍。王愔云：“藁书者，若草非草，草行之际。”故知“藁书”为草书发展之过渡形态，后来发展成草书、行书并用，其特点为“行草夹杂、用笔秀丽”，字不连绵但神气贯通。如王羲之的《快雪时晴帖》《行穰帖》，王献之的《中秋帖》《送梨帖》即是典型墨迹。

后世草书名家，有宋代苏轼（《醉翁亭记》）、黄庭坚（《诸上座帖》）、米芾（《草书九帖》）、蔡襄（《草书二诗帖》），明代祝允明（《前后赤壁赋》）、文徵明（《滕王阁序》）等，明末清初的王铎则一反常规、另辟蹊径，后自成一家，其章法影响后世亦大。此等大家于草书上造诣颇高、别具一格，为草书之代表人物。

（五）行书

行书，即行体书法，亦名“行押书”，行书从楷书演化而来。唐代张怀瓘云:“务从简易，相间流行。”宋代姜夔《续书谱》云:“行出于真。”行书特征是“非真非草”，介乎真、草之间。从楷书到今草，较自然形成了行书。宋代的《宣和书谱》中就有“真几于拘，草几于放，介乎两间者，行书有焉”之语，可知行书之特征。

三、谈写字的方法

我到闽南这边来，已经有十年之久了。

前几年冬天的时候，我也常到南普陀寺来，看到大殿、观音殿及两廊旁边的栏杆上，排列了很多很多的花。尤其正在过年的时候，更是多得很。

其中有一种名叫作“一品红”[①]的，颜色非常鲜明，非常好看，可以说是南国特有的一种风味，特有的色彩。每当残冬过去，春天快到来的时候，把它摆出来，好像是迎春的样子，而气象确也为之一新。

我于去年冬天到这里来，心中本来预料着，以为可以看到许多的“一品红”了。岂知一到的时候，空空洞洞，所看到的，尽是其他的花草，因而感到很伤心。为什么？以前那么多的“一品红”，现在到哪里去了呢？找来找去，找了很久，只在那新功德楼的地方，发现了三棵，都是憔悴不堪，颜色不大鲜明，很惨的样子。也没有

---

① 一品红：闽南人称为圣诞花，其顶端之叶均作红色，学名为 Euphorbia pulcherrima。

什么人要去赏玩了。于是使我联想到佛教养正院：过去的时候，也曾经有很光荣的历史，像那些“一品红”一样，欣欣向荣，有无限的生机。可是现在，则有些衰败的气象了。

养正院开办已经三年了，这期间，自然有很多可纪念的史迹。可是观察其未来，则很替它悲观，前途很不堪设想。我现在在南普陀这里，还可以看到养正院的招牌，下一次再来的时候，恐怕看不到了，这一次，也许可以说是我“最后的演讲”。

这一次所要讲的，是这里几位学生的意思——要我来讲关于写字的方法。

（一）概说

我想写字这一回事，是在家人的事，出家人讲究写字有什么意思呢？所以，这一次讲写字的方法，我觉得很不对。因为出家人假如只会写字，其他的学问一点不知道，尤其不懂得佛法，那可以说是佛门的败类。须知出家人不懂得佛法，只会写字，那是可耻的。出家人唯一的本分，就是要懂得佛法，要研究佛法。不过，出家人并不是绝对不可以讲究写字的，但不可用全副精神去应付写字就对了；出家人固应对于佛法全力研究，而于有空的时候，写写字也未尝不可。写字如果写到了有个样子，能写对子、中堂来送与人，以作弘法的一种工具，也不是无益的。

倘只能写得几个好字，若不专心学佛法，虽然人家赞美他字写得怎样的好，那不过是“人以字传”而已。我觉得：出家人字虽然写得不好，若是很有道德，那么他的字是很珍贵的，结果是能够“字以人传”。如果对于佛法没有研究，而是没有道德，纵能写得很好的字，这种人在佛教中是无足轻重的了。他的人本来是不足传的。即能“人以字传”——这是一桩可耻的事，就是在家人也是很可耻的。

……

关于写字的源流、派别，以及笔法、章法、用墨……古人已经讲得很清楚了，而且有很多的书可以参考，我不必多讲。现在只就我个人关于写字的心得及经验，随便来说一说。

诸位写字的成绩很不错。但是每天每个人只限定写一张，而且只有一个样子，这是不对的。每天练习写字的时候，应该将篆书、大楷、中楷、小楷四个样子，都要多多地写与练习。如果没有时间，关于中楷可以略掉；至于其他的字样，是缺一不可的，且要多多地练习才对。

我有一点意见，要贡献给诸位，下面所说的几种方法，我认为是很重要的。

（二）由博而约

我对于发心学字的人，总是劝他们：先由篆字学起。为什么呢？有几种理由：

第一，可以顺便研究《说文》，对于文字学，便可以有一点常识了。因为一个字一个字都有它的来源，并不是凭空虚构的，关于一笔一画，都不能随随便便乱写的。若不学篆书，不研究《说文》，对于文字学及文字的起源就不能明白——简直可以说是不认得字啊！所以写字若由篆书入手，不但写字会进步，而且也很有兴味的。

第二，能写篆字以后，再学楷书，写字时一笔一画，也就不会写错的了。我以前看到养正院几位学生所抄写的稿子，写错的字很多很多。要晓得：写错了字，是很可耻的——这正如学英文的人一样，不能把字母拼错一个。若拼错了字，人家怎么认识呢？写错了我们自己的汉文字，更是不可以的。我们若先学会了篆书，再写楷字时，那就可以免掉很多错误。此外，写篆字也可以为写隶书、楷书、行书的基础。学会了篆字之后，对于写隶书、楷书、行书就都很容易——因为篆书是各种写字的根本。

若要写篆字的话，可先参看《说文》这一类的书。因为这部书很好，便于初学，如果要学写字的话，先研究这一部书最好。

既然要发心学写字的话，除了写篆字而外，还有大楷、中楷、小楷，这几样都应当写。我以前小孩子的时候，都通通写过的。至于要学一尺、二尺的字，有一个很简便的方法：那就可用大砖来写，平常把四块大砖拼合起来，做成桌子的样子，而且用架子架起来，也可当桌子用；要学写大字，却很方便，而且一物可供两用了。

大笔怎样得到呢？可用麻扎起来做大笔，要写时，就可以任意挥毫。大砖在南方也许不多，这里倒有一个方法可以替代：就是用水门汀拼起来成为桌子。而用麻来写字，都是一样的。这样一来，既可练习写字，而纸及笔，也就经济得多了。

篆书、隶书乃至行书都要写，样样都要学才好；一切碑帖也都要读，至少要浏览一下才可以。照以上的方法学了一个时期以后，才可专写一种或专写一体。这是由博而约的方法。

（三）初步法门

至于用笔呢？算起来有很多种，如羊毫、狼毫、兔毫等。普通是用羊毫，紫毫及狼毫亦可用，并不限定哪一种。最要注意的一点，就是写大字须用大笔，千万不可用小笔！用小的笔写大字，那是很错误的。宁可用大笔写小字，不可以用小笔写大字。

还有纸的问题。市上所售的油光纸是很便宜的，但太光滑，很难写。若用本地所产的粗纸，就无此毛病的了。我的意思：高年级的同学可用粗纸，低年级的可用油光纸。

此地所用的有格子的纸，是不大适合的，和我们从前的九宫格的纸不同。以我的习惯而论，我用九宫格的方法，就不是这个样子。现在画在下面，并说明我的用法：

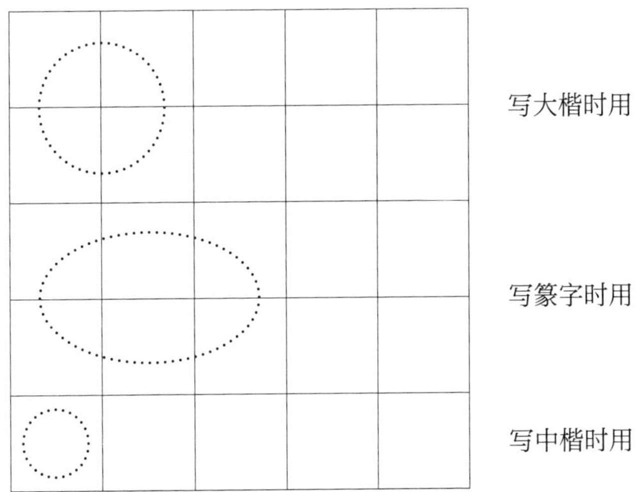

若用这种格子的纸，写起字来，是很方便的，这样一来，每个字都有规矩绳墨可守的。如写大楷时，两线相交的地方，成了一个十字形，

就不致上下左右不相对称了。要晓得：写字总不能随随便便。每个字的地位要很正，要不偏左不偏右，不上不下，要有一定的标准。因为线有中心点，初学时注意此线，则写起来，自然会适中、很"落位"了。

平常写字时，写这个字，眼睛专看这个字，其余的字就不管，这也是不对的。因为上面的字，与下面的字都有关系的——即全部分的字，不论上下左右，都须连贯才可以。这一点很要紧，须十分注意。不可以只管写一个字，其余的一切不去管它。因为写字要使全体都能够配合，不能单就每个字去看的。

再有一点须注意的：当我们写字的时候，切不可倚在桌上，须使腕高高地悬起来，才可以运用如意。

写中楷悬腕固好，假如肘部要倚着，那也无妨。至于小楷，则可以倚在桌上，不必悬腕的。

（四）基本法则

以上所说的，是写字的初步法门。现在顺便讲讲关于写对联、中堂、横披、条幅等的方法。

我们写对联或中堂，就所写的一幅字而论，是应该有章法的。普通的一幅中堂，论起优劣来，有几种要素须注意的。现在估量其应得的分数如下：

章法：五十分。

字：三十五分。

墨色：五分。

印章：十分。

就以上四种要素合起来，总分数可以算一百分。其中并没有平均的分数。我觉得其差异及分配法，当照上面所分配的样子才可以。

一般人认为每个字都很要紧，然而依照上面的记分，只有三十五分。大家也许要怀疑，为什么反而章法分数占多数呢？就章法本身而论，它之所以占着重要的原因，理由很简单，在艺术上有所谓三原则。即：统一、变化、整齐。

这在西洋绘画方面被认为是很重要的。我便借来用在此地，以批评一幅字的好坏。我们随便写一张字，无论中堂或对联，将字排起来，或横或直，首先要能够统一：字与字之间，彼此必须相联络、互相关系才好。但是单只统一也不能的，呆板也是不可以的，须当变化才好。若变化得太厉害，乱七八糟，当然不好看。所以必须注意彼此互相联络、互相关系才可以的。

就写字的章法而论大略如此。说起来虽很简单，却不是一蹴可就的。这需要经验的，多多地练习，多看古人的书法以及碑帖，养成赏鉴艺术的眼光，自己能常去体认，从经验中体会出来，然后才可以慢慢地有所成就。

所谓墨色要怎样才可以？即质料要好，而墨色要光亮才对。还有，印章盖坏了，也是不可以的。盖的地方要位置适中，很落位才对。所谓印章，当然要刻得好，印章上的字须写得好。至于印色，也当然要好的。盖用时，可以盖一颗、两颗。印章有圆的方的，大的小的，且有种种的区别。如何区别及使用呢？那就要于写字之后再注意盖用，因为它也可以补救写字时章法的不足。

（五）上乘的字

以上所说的，是关于写字的基本法则。可当作一种规矩及准绳讲，不过是一种呆板的方法而已。

写字最好的方法是怎样，用哪一种的方法才可以达到顶好顶好的呢？我想诸位一定很热心地要问。我想了又想，觉得想要写好字，还是要多多地练习，多看碑，多看帖才对，那就自然可以写得好了。

诸位或者要说，这是普通的方法，假如要达到最高的境界须如何呢？我没有办法再回答。曾记得《法华经》有云："是法非思量分别之所能解。"我便用这句子，只改了一个字，那就是"是字非思量分别之所能解"了。因为世间上无论哪一种艺术，都是非思量分别之所能解的。

即以写字来说，也是要非思量分别才可以写得好的。同时要离开思量分别，才可以鉴赏艺术，才能达到艺术的最上乘的境界。

记得古来有一位禅宗的大师，有一次人家请他上堂说法，当时台下的听众很多，他登台后默默地坐一会儿以后，即说："说法已毕。"便下堂了。所以，今天就写字而论，讲到这里，我也只好说"谈写字已毕"了。

假如诸位用一张白纸（完全是白的），没有写上一个字，送给教你们写字的法师看，那么他一定说："善哉善哉！写得好，写得好！"

我觉得最上乘的字或最上乘的艺术，在于从学佛法中得来。要从佛法中研究出来，才能达到最上乘的地步。所以诸位若学佛法有一分的深入，那么字也会有一分的进步。能十分地去学佛法，写字也可以十分地进步。

今天所说的已经很够了。奉劝诸位：以后要勤求佛法，深研佛法。

浅谈国画

一、缘起

应诸位同学盛情相邀，于此讲谈国画历史与绘画之技巧，朽人只好勉而为主，权当与大家共学吧！

我国绘画技法堪称“一宝”，与书法并称“双绝”。只是，国画不似西洋画易于保存，多因国画绘制于易碎的纸或绢上。

两汉时期，我国艺术可称为“大家风范”，但那时的艺术多为壁画，只可观摩，不易携带，不似西洋画之木板或布等材质易于流传。

两汉时期的艺术，材质多是石材或陶瓷、砖瓦，艺术水平极高，但多为笨重之材质，故可遇不可求，临摹亦不易得。

至隋唐之时，因国富民强、文化兴盛，故艺术成就亦高，我国艺术方至前所未有之顶峰。当时的绘画艺术延续了雕刻之艺术技法，创作作品多以宗教题材、人物肖像画成就最大，亦开“山水画”之先河。

及至宋元，则为我国绘画艺术之巅峰期，其中尤以山水画为代表，花鸟绘画成就亦不俗。至明代时，绘画作品则以花鸟为卓著。

清朝一代，则将山水画发挥到极致，风格倾向写意，虽寄托自然景观之写实，然而重在体现自我之心境，故而流派纷起、大师并出，大有百花齐放之势。

以下，朽人就一些名家或名画加以简述与评析，以供同学欣赏，我们先从隋唐开始讲起。

二、隋唐名家与名画

（一）展子虔

展子虔，渤海（今山东阳信）人，是北周末年、隋朝初年的大画家。他曾经历北齐、北周，最后在隋朝担任朝散大夫、帐内都督等职。

展子虔擅长画人物、山水及其他杂画，在绘画技法上几乎无所不能。其对人物的描绘相当细致，喜以色景染面部。他亦善画马，所画之马以神态逼真见长——如画立马更有足势，若画卧马则腹有腾骧起跃之势，与当时的大画家董伯仁齐名；所绘山水，能就远近，有咫尺千里之势。

他曾在洛阳天女寺、云花寺、长安灵宝寺、崇圣寺等处所绘制佛教壁画，作品有隋朝官本《法华变相图》《长安车马人物图》《白麻纸》《弋猎图》《南郊图》《王世充像》《白描》等，收录入《贞观公私画史》之中；还有《朱买臣覆水图》《北齐后主幸晋阳图》《维摩像》等画迹，收录入《历代名画记》中；又有《北极巡海图》《石勒问道图》等二十余幅，收录入《宣和画谱》中。

他的传世之作有《授经图》《游春图》。据称，《游春图》乃我国现存最古之卷轴山水画。

唐张彦远评展子虔的《授经图》：“细密精致而臻丽。”从这一幅《授经图》中可以看出其刻画人物手法之高超。人物衣褶用“高古游丝描”绘出，线条流畅、圆滑婉转、造型准确，以淡彩晕染人物面部，因而富有立体感；所衬背景点染粗疏，更加反衬出人物清逸飘洒以及出尘脱俗的清高韵味来。

唐人曾评其画有“远近山水、咫尺千里”之势；在画法上则以青、绿填色，有勾无皴，人物与枝干则直接用粉点染，全画以“青、绿”为主调，乃中国山水画中独具风格之画体。

（二）阎立本

唐代著名画家，代表作《步辇图》，所绘之景为唐太宗召见吐蕃使者。

画中，太宗威严平和，端坐于宫女所抬的步辇上，红衣虬髯者为宫中执掌礼仪之官员，其后着藏服者即为吐蕃使者。

此画的作者阎立本是唐代画家，陕西西安人氏。其父阎毗及其兄阎立德都擅长绘画及建筑，而立本则擅长绘画人物、车马和楼阁，后人有称为“丹青神化”“冠绝古今”之誉，言其传世之作有《步辇图》《历代帝王图》《萧翼赚兰亭图》。

此画特色在于，画家将人物的仪态与身份、气质与心境刻画得至为鲜明，尤其是衣纹展现圆转、流畅至为突出，人物之五官亦勾画精细。其中，人物的发式与服饰颇具初唐时期之特点。

（三）周昉

周昉，京兆（今陕西西安）人氏。唐代画家，字景玄，又字仲朗；出身显贵家庭，先后官越州、宣州长史。

此人一生性情直爽、好学不倦，擅长仕女画。初学张萱，后取长而自创；其绘画多为贵族妇女，所画人物多优游闲佚、容貌丰满、衣褶劲简，且色彩柔和艳丽，为当时宫廷贵族、士大夫之所重。后来，唐德宗李适闻其名，诏至章明寺绘画，经月余始成，德宗推为“第一”。他所绘制的、具有华丽优美的“水月观音”像颇具特色，雕塑者多仿效之，世称“周家样”。

其传世作品有《簪花仕女图》《挥扇仕女图》等。

《簪花仕女图》以四位贵妇人为表现，分“戏犬”“漫步”“看花”“采花”四个情节；而中间穿插一持扇侍女；侍女形象较小以示其身份，与贵妇人形成身份对比；其中人物发型、眉毛及体态都以丰腴肥硕为主，故能体现唐代之审美风尚；勾线流畅、笔画有力，色彩也很艳丽丰富，突显出肌肤之质感和服饰的轻薄感。

《簪花仕女图》，刻画精致，描绘了几个身披轻纱、高髻临风的贵族妇女在庭院中闲步、赏花、戏犬等情景。她们容貌华贵、步履从容，但眉宇间却流露出若有所思的情态。画家用圆浑流畅的线条和艳丽丰富的色彩，出色地表现出“绮罗纤缕见肌肤”的绝妙效果。这幅画是以四位贵族妇女为主体，全画共分“戏犬”“漫步”“看花”“采花”四个情节。

（四）李思训

李思训，成纪（今甘肃天水）人氏，是唐朝皇亲宗室，后官至右武卫大将军，封“彭国公”。

他是唐代杰出的书画家，工书法、绘画，尤擅长绘画山水树石，其笔力遒劲、格调细密，喜写“云霞缥缈”之景色，鸟兽草木皆能穷其姿态，亦爱用神仙故事点缀幽曲、寂静之岩岭。他喜以青绿为质、金泥为纹的山水画，作品多富装饰性。

他的绘法技巧源于隋代的展子虔，并继承和发展了六朝以来以“色彩为主”的表现形式，玄宗皇帝曾评其画作为国朝山水第一，“列神品”；明代大画家董其昌更推他为“北宗”山水画之祖。唐代张彦远总结说“山水之变始于吴（道子），成于二李（李思训、李昭道父子）”。其子李昭道亦擅山水，人称其父子为“大、小李将军”。其传世的画作有《山居四皓图》《江山渔乐图》《群峰茂林图》等，收录入《宣和画谱》。

《江帆楼阁图》所绘长松秀岭，翠竹掩映，群山层迭，朱廊碧殿，江天阔渺，风帆近流；有着唐朝衣冠者四人；此画融山水树木与人物，既自然又交相辉映，一派春光景象；画中山石用墨线勾勒轮廓，后以绿色渲染，不作皴擦；所画松树以交叉取形，整体则势态葱郁；他用笔工整，山石青绿，着色艳丽，安岐评之为“傅色古艳，笔墨超轶”，表明山水画到这一时代已趋成熟。

（五）王维

王维，自幼聪颖，据载他九岁即能作诗写文，后成为唐开元、天宝间的著名诗人；其人书法工于草书、隶书，亦熟娴丝竹音律，擅长绘画，乃多才多艺之才子；其青年时便已名享京师，甚得皇族王公之敬重。唐人薛用弱《集异记》就有记载："王维右丞，年未弱冠，文章得名。性娴音律，妙能琵琶，游历诸贵之间，尤为岐王之所眷重。"

王维对于绘画的贡献有二：一是融诗情于画中，开创了绘画新篇章，延至宋代，形成一种"诗中有画，画中有诗"的"诗情画意"风格。二是突破"金碧山水"之局限，初步奠定我国"水墨山水画"之基础，而至元、明、清三代发展为最重要之绘画形式，故他被后人尊为"文人画南宗之祖"。

此幅《伏生授经图》卷，所绘为汉代的伏生授业的情景，亦是人物肖像画。所绘人物形象逼真、清癯苍老，所用笔法清劲有务。此画无画家之自款，但画上有南宋高宗所题"王维写济南伏生"般字样。

秦始皇统一天下后，曾接受丞相李斯的建议，而采取了"焚书坑儒"的手段以统治人心，诸多宝贵之书籍顿遭损毁。伏生，济南人，原为秦博士。据说当时焚书时，伏生冒生命之危保存了《尚书》，汉文帝为求能治《尚书》之人而知伏生，其时年已九十余，不便行使，故汉文帝遣晁错前往受教，得文二十八篇。

王维崇信佛教，性喜山水，其诗多以山水、田园为内容，所绘物景颇为传神，笔法精深入微；晚年隐居蓝田辋川，过着吟诗作画、谈禅说佛的隐逸生活。此人兼通音乐，工书法，精绘画，擅画平远之景致，喜以"破墨"手法绘制山水松石，北宋苏轼赞其"诗中有画，画中有诗”，其有“不衣文采”之创作理论对后世文人的画影响甚大。

（六）李昭道及国画之类别

李昭道，甘肃天水人，字希俊，唐代著名画家。曾任太原府仓曹、直集贤院等官职，后官至太子中舍。

李昭道继承其父李思训之长，亦擅长“青绿山水”的绘画创作，世称“小李将军”。亦擅绘画鸟兽、楼台、人物，并创“海景图”。其画风巧妙精致，虽“豆人寸马”，也画得“须眉毕现”。由于画面繁复，线条纤细，论者亦有“笔力不及思训”之评。主要画作有《海岸图》《摘瓜图》等作品，收录入《宣和画谱》。

《明皇幸蜀图》描绘了“安史之乱”时唐明皇逃往四川避难的情形。画家有意加强了春天山岭间之诗意，于层峦叠嶂描绘飘浮白云，树木亦秀丽动人；此画之妙处在于，人物虽小却分毫可辨，能使观者轻易分辨人物之身份。

我国国画之类别和技法，可分人物、山水、花鸟。其中，人物画是历史上最早形成的画科，早于山水与花鸟。大家皆知西洋画注重造型，而国画注重传神，可谓不注意精确之造型“由来已久”。我国最早创作的人物画，多重人物之刻画，力求逼真、传神，讲求气韵之灵动，形神要兼备，故古代论画著作中称其为“传神论”。

而分门别类中，人物画又分为道释画（宗教画）、仕女画、肖像画、历史故事画等。历代之著名代表画家，有东晋的顾恺之；五代的顾闳中；宋代的李唐；明代的仇英、唐寅；清代的费丹旭等大师。

三、宋元名家与名画

（一）夏圭

夏圭，南宋画家，宋宁宗时任画院待诏。初学人物画，后改绘山水；他将范宽、李唐的斧劈皴进一步发展，创立了“拖泥带水皴”；其创作时除师法李唐而讲求阳刚之风外，更讲究水墨淋漓、清明透逸的效果，与马远同为“北方山水画派”之杰出代表。宁宗时为画院待诏，赐金带。画人物酝酿墨色如傅粉之色，笔法苍老，墨汁淋漓；所画雪景，全学范宽。画院中人凡画山水的，自李唐以下，无出其右者，与当时大画家马远齐名，故称“马夏”。

他喜以长卷横幅表现情景，而画面变化亦十分复杂，多以线、面或干、湿等手法互用，皴法也十分丰富，故艺术效果极强。其创立的“拖泥带水皴”法，在当时不仅对南宋绘画有所影响，而尤其对后世的“文人画”的表现形式影响更大，且后人在继承其法的基础上，不单用在人物画上，花鸟画中亦被广泛运用。

夏圭的画法多受佛教禅宗影响，故他主张“脱落实相，参悟自然”，趋向“笔简意远，遗貌取神”的效果。充分表现出了虚实和空灵感，用笔清劲，简练概括，简劲苍老而墨气明润，给人浑厚朴实、明朗俊秀的印象。明代王履曾赞曰：“粗而不流于俗，细而不流于媚；有清旷超凡之远韵，无猥暗蒙尘之鄙格。”明代大画家董其昌虽对“北宗”山水颇怀偏见，却对夏圭十分折服，说“夏圭师李唐而更加简率，如塑工之所谓减塑者”。

夏圭更善于表现烟雨朦胧的江滨湖岸景色，其点景人物亦简括生动，楼台等建筑物不用界尺，信手而成，取景剪裁极为精练。亦喜用一角半边的构图，故有“夏半边”之说。南宋宁宗时任画院待诏，曾受到皇帝赐金带的荣誉。

代表作有《溪山清远图》《山水十二景》《江山佳胜图》《西湖柳艇图》《观瀑图》《梧竹溪堂图》《烟岫林居图》《松崖客话图》《钱塘秋潮图》等，其中《钱塘秋潮图》，描绘的是钱塘江秋潮初至，浪涛翻滚奔腾之情景，左边山上有座塔，当为观潮的最佳地点，通过潮水和近山的比例，我们易于体会潮水之势，给人来势凶猛之感。而整幅画面色彩鲜丽、清秀明朗，图中的树、石、浪潮全用中锋勾勒，视觉上明快刚劲，似有跳跃之感，就是“马夏画派”的典型风格。

（二）米芾

米芾所处的时代，正是画院写实派山水画大行其道之时，而他却只想表达心中的“意气”，以天真、癫狂手笔来表现山石的面貌，故能在画面上自由发挥，因他这类举止类同“癫狂”，故人称“米癫”。

米芾能诗文，擅书画，精鉴别；行书、草书得力于王献之，用笔俊迈，世人评为“风樯阵马，沉着痛快”，他与蔡襄、苏轼、黄庭坚合称“宋四家”。米芾画山水，出自董源，天真发露，不求工细，多用水墨点染，自谓“信笔作之，多以烟云掩映树石，意似便已”。其子米友仁亦是画家，师承其画法，自称“墨戏”，画史上称“米家山”“米氏云山”，因其传承而有“米派”之称。

他亦画梅、松、兰、菊等花卉画，晚年兼画人物，自称“取顾（恺之）高古，不入吴生（道子）一笔”。米芾好模仿名迹，能以假乱真；

并以行、草书最著，博取前人所长，用笔俊迈豪放。《宣和书谱》论其书“大抵初效羲之”，自谓“善书者只有一笔，我独有八面”。

他传世作品甚多，以《苕溪诗卷》《蜀素帖》最为著名。《蜀素帖》为米芾书法精品，为他三十八岁时所作，其书法苍老凝练、行笔涩劲、沉稳爽利、清雅绝俗，可谓“超神入妙”。其书体为“二王”及唐、五代书风之延续，但与前人书法无一相似之处，是米芾自家风格之明证。明画家董其昌题跋曰：“米元章此卷，如狮子捉象，以全力赴之，当为生平合作。”

（三）米友仁

米友仁是米芾长子，故人称“小米”，早年即以擅长书画而知名，宋徽宗宣和四年（1122 年），应选入掌书学。南渡后官提举两浙西路茶盐公事、兵部侍郎，敷文阁直学士，世称“米敷文”。

其为继承家学，少即以书画知名，擅画云山，略变其父之风格成一家之法。所绘画作，多以云烟变灭为法度，而风格看似草成，实则法度森严，自称“墨戏”；且性格耿直、不附时风，自重为珍。善书法，“酷似乃父，亦精鉴赏”，但自有自家风格。

《潇湘奇观》为米友仁所绘山水画之代表作。图绘江边雪山、云雾变幻的奇境；只见浓云翻卷，远山坡脚隐约可见，随云气之游动变化，山形可隐可显。群山重叠起伏，远处峰峦终于出现于白云中；中段主峰耸起，宛如尖峰起伏；林木疏密，远近与层次清晰，显露真实；但末段一转山色，隐入淡远之间，体现自然界之造化神奇。

此画作者以“没骨法”取代隋唐北宋以来之“双勾法”，给人以自然美之印象，改变了山水画的形象和表现手法。作品主要运用“泼墨法”和“破墨法”，依仗水墨的晕染来塑造形象，很少用线勾勒，浓淡、虚实的墨色，使景致时隐时显，忽明忽晦，朦胧又富变化，故时人谓他“善画无根树，能描朦胧云”。笔与墨之巧妙结合，使得米氏之云山兼具“滋润”与“沉郁”之特色。

米友仁（1086—1165），南宋画家。米芾之子，初名尹仁，小名寅哥、鳌儿；黄庭坚戏称其为“虎儿”，赠以古印及诗：“我有元晖古印章……教字元晖继阿章”，故取字元晖；另有“海岳后人”“懒拙道人”等别号。

米友仁善行书，高宗曾命其鉴定书法。而其山水画则发展了其父米芾的技法，善以水墨横点描写“烟峦云树”，运笔草草，他自称“墨戏”，对后世“文人画”中笔墨纵放的风格有一定影响。存世画迹有《潇湘奇观》《云山得意》等图。

在中国美术史上，宋代米芾、米友仁父子开创的“米氏云山”画风与技法，划时代地确立了文人画的审美视角，使得文人画长盛数百年而不衰，迄今遗韵犹存。

（四）赵孟頫及山水画

山水画，是指以山川河流等自然景观为主体的绘画，其最早只是作为人物画之背景而创作，后独立成一支最能代表国画艺术成就之画种。山水画注重整体构图效果，尤其以位置之摆放、神韵之表达，以及笔墨之浓淡为要点。

就风格之不同，又分水墨山水、青绿山水等小类。历代代表之人物有：唐之李思训：宋之李成、范宽、董源；元之黄公望、吴镇、王蒙、倪瓒；明、清二代之董其昌、王时敏、王鉴、王原祁、石涛、八大山人等名家。

赵孟頫，元代书画家、文学家。字子昂，号松雪道人、水精宫道人，中年曾作孟府，浙江湖州人氏，宋宗室之后裔。宋亡后，隐归乡里闲居。元世祖忽必烈搜访宋朝“遗逸”，经程钜夫荐举，始任兵部郎中，又官至翰林学士承旨，封魏国公，谥文敏。

赵孟頫精通音乐，善鉴定古物玉器，其中以书法、绘画成就尤高。山水画取法董源、李成，人物、鞍马师法李公麟和唐人；亦工墨竹、花鸟等画，所画风格皆以笔墨圆润苍秀见长，以飞白法画石，以书法用笔写竹；力主变革南宋院体格调，自谓“作画贵有古意，若无古意，虽工无益”，遥追五代、北宋法度，有评论谓“有唐人之致去其纤，有北宋人之雄去其犷”，遂开元代之新画风。

赵亦善诗文，其诗之风格以和婉为色；兼工篆刻，尤以“圆朱文”著称。传世画作有《鹊华秋色图》《红衣罗汉图》《幼舆丘壑图》《秋郊饮马图》《江村渔乐图》等。

《红衣罗汉图》所绘，身着红色袈裟的罗汉盘腿坐于树下青石之上，左手前伸，神态安详，正在讲授佛法的情景。图中罗汉颇似西竺僧人，据悉他常与西域僧人往来，故能对西域人之神态特征刻画入微；其人物造型取法于唐之阎立本，即以铁线描勾勒，且用笔凝重，苍劲有力，人物形象逼真。

四、明代名家与名画

（一）戴进

戴进，明代画家，号静庵，浙江杭州人。少年时当过金银首饰学徒，后改学绘画，刻苦用功，画艺大进，宣德年间供奉宫廷，因画艺高超而遭妒忌，遂被斥退。后浪迹江湖，卖画为生。

他擅长山水、人物。其山水画师法马远、夏圭，并取法郭熙、李唐，多是遒劲苍润手法；用笔劲挺方硬，水墨淋漓酣畅，发展了马远、夏圭传统。

人物画师法唐宋传统，兼长二笔、写意；工笔用铁线描和兰叶描；写意从马远变化而来，笔墨简括；花鸟画工笔、写意、没骨诸法皆擅长。人物佛像则能变通运笔、顿挫有力。

其画作在明中期影响较大，追随者甚众，人称“浙派”，遂成明代前期画坛之主将，后世推他为“浙派”创始人。传世之作有《春山积翠图》《风雨归舟图》《三顾茅庐图》《达摩至慧能六代像》《南屏雅集图》《归田祝寿图》《葵石峡蝶图》《三鹭图》等。

（二）唐寅

唐寅出生于商家，故地位较低。其幼年即能刻苦学习，十一岁显出过人之才，并能写出一手好字。十六岁中秀才，二十九岁参加乡试，获“解元”（第一名）。次年，赴京会考，与他同路赶考的江阴地主徐经，因暗中贿赂主考官的家僮而事先得知考题，但事情败露。唐寅亦受牵下狱，遭受凌辱。此后，自负的唐寅对官场产生反感，自此，性格、行为流于不羁，后在好友祝允明规劝下发奋读书，决心以诗文书画终其一生。

唐寅性格狂放不羁，在绘画中则独树一帜，自成一家；其行笔秀润缜密，颇具潇洒清逸之韵味。他的山水画多表现为雄伟险峻、楼阁溪桥、四时朝暮的江山胜景；有时亦描写亭园幽境中文人逸士的悠闲生活。其山水画大幅气势磅礴，小幅清隽潇洒，题材多样。其人物画多写古今仕女或历史典故。其传世的画作有《王蜀宫妓图》《落霞孤鹜图》《事茗图》《看泉听风图》等。

《落霞孤鹜图》这幅画所取的名字，是根据唐寅在画的左上部自题诗而得。其诗曰："画栋殊帘烟水中，落霞孤鹜渺无踪；千年想见王南海，曾借龙王一阵风。"

画中描绘的是，垂柳依于高岩，水阁依山临江，阁中有人眺望落霞孤鹜。此画用笔苍劲秀丽，色墨浑然一体，且有清润明洁之感。画中，山石皴法用笔较干，而反见秀润；林木、水榭用笔工整，却更见功力。

唐寅山水画是学南宋院体一派风格的，却能融入文人情调，与吴伟一派不同。唐寅取李唐之长，皴法变斧劈为细劲，寓雄健于隽秀之中。这幅图中的柳树画法工整精致，粗干细枝密叶，极富天然真趣；而皴纹疏繁得当，法度严谨，是唐寅的传世名作之一。

（三）陈淳及花鸟画

陈淳，明朝画家，江苏苏州人，字道复，号白阳，又号白阳山人。曾学画于文徵明，后不拘师法；又法米芾、黄公望、王蒙。其山水较文徵明疏放开阔，盖学米友仁而致笔迹放纵也。其尤擅长水墨写意花鸟，开明代写意花鸟画之新局面。

前面讲过山水画，此处再讲一讲花鸟画之特色。花鸟画，亦是国画一大分类。泛指以花卉、鸟、兽等动植物为主体的绘画。此类创作之体裁，产生年代较人物、山水为晚，多讲求精细或趣味，刻画以精巧、传神为主。

画花鸟就表达形式的不同，又分为工笔花鸟及写意花鸟二类。以表现手法而言，国画主要以写意或工笔，或二者兼顾为主，但以讲究意境深远、气韵充实、画面传神为创作手法。以线条勾线传神、着色自然为特点，总以和谐为主旨；另以独特之手法，以印章为点缀，以达平衡、增韵为独创，是为东方绘画之魅力所在，更显完美，此为西洋画之所无。

大写意，即以张条疏散、施墨粗放为特点，削繁为简、遗形取神为手法，创作者多为泼墨粗画。小写意，即以简练归融为特色，多强调笔墨中之情趣，不苟求惟妙惟肖，但求整体气势与着色。工笔，是与写意不同的手法，与写意相反，多求刻画精确，要求工整、细致，乃至细节明确、刻画入微，手法以细腻、准确为度。

（四）仇英

仇英，明代画家，字实父，号十洲，太仓（今属江苏）人，后定居苏州。其出身工匠，后从周臣学画，因文徵明之推赞而知名当时，以卖画为生。

仇英擅画人物，尤长仕女。工于设色，又善水墨、白描，能运用不同笔法表现不同对象。刻画之人物形象，或圆转流利，或劲利有力，皆为精工、妍丽之作，世人有“周昉复起，亦未能过”之评。他的山水画多学赵伯驹、刘松年，所画青绿山水之作，多呈细润而风骨劲峭；亦善绘制花鸟。晚年客居于收藏家项元汴家，摹仿历代名迹，据称“落笔乱真”。

仇英在当时名家周臣门下学画，曾用心临摹古代佳作，因刻苦及天赋不凡，故而技艺大进，成就卓著，因而与沈周、文徵明、唐寅并称“明四家”或“吴门派”。

他所创作的题材很广泛，擅写人物、山水、车船、楼阁、界画等场景；尤擅长于临摹，技法之中，工笔、写意、白描俱佳；画风细腻工整、色彩华丽，取古德之长而又能化为己用、自成一格。

其传世作品有《春夜宴桃李园图》《柳下眠琴图》《桃村草堂图》《剑阁图》《松溪论画图》和《玉洞仙源图》。

《春夜宴桃李园图》描绘了李白“春夜宴桃李园”的故事，是历来众多画家偏好的题材。前人一般着眼于“欢歌”和“夜游”的情景，而这幅图的作者却表现“幽赏未已，高谈转清”的时刻——李白与友人于庭园中秉烛而坐、饮酒赋诗……身后有侍从、乐女相伴。其中，人物刻画传神，所勾勒的线条也是十分地秀丽婉转。

（五）董其昌

董其昌，华亭（今上海松江）人氏，明代著名书画家、书画鉴赏家兼书画理论家。字玄宰，号思白、香光居士，人称董华亭。万历进士，授编修，官至礼部尚书、太子太保，谥号文敏。

他的书法，先从颜真卿，后学虞世南，再后，又觉唐书不如魏晋，转学钟繇、王羲之，并参以李邕、徐浩、杨凝式等笔意，自谓“于率易中得秀色”，其书法分行布白、疏宕秀逸，颇具个人特色，对明末清初的书风影响很大。

董其昌擅画山水，师法董源、巨然，以元代黄公望、倪瓒为宗，成为集历代画家之大成者。但重写意，不重写实，所画丘壑变化较少，而讲究笔致、墨韵，画格清润明秀、灵静飘逸。论画标榜“士气”，将古代山水画家仿禅宗而分为“南宗”“北宗”，并推崇“南宗”（如王维者流）为文人画正脉，形成崇“南”贬“北”之己见，其说影响明代以后的画坛；又提倡作画须“读万卷书，行万里路”，此调对后世论画亦影响较大。

此人才华俊逸，好谈名理，善鉴别书画。书法出颜真卿，后遍学魏晋唐宋诸名家，并融诸家之长自创风格；其行书古淡潇洒，楷书则有颜真卿之率真韵味，草书植根于王羲之的《争座位》《祭侄稿》，兼有怀素之圆劲和米芾之跌宕。与邢侗、米万钟、张瑞图合称“明末四大家”，对明末清初书风影响很大。

其书法结体宽绰，取颜真卿之布白而不强作恢弘，取米芾之“奇宕潇散，时出新致，以奇为正，不主故常”，故而笔势潇洒随意。传世之作有《秋兴八景图》《山庄秋景图》《昼锦堂图》等。

《秋兴八景图》一共有八开，此为其一。画面描写作者泛舟吴门、京口时，一路上所见到的景色，既有草木繁茂、风雨迷蒙的江南丘陵特色，又有沙汀芦苇、远山横现的水乡情调。此画构图精巧、意境深远，虽简洁明了却不觉单调，韵味十足；技法集宋、元各家之长，形成苍秀雅逸的独特风格。

五、清代名家与名画

（一）吴宏及国画之装裱

吴宏，清代著名画家，字远度，号竹史，江西金溪人，“金陵八家”画派中的一员，长居江宁（今南京）。

其人诗书皆精，自幼喜爱绘画，笔墨得诸家之长而能出己意，纵横放逸。

吴宏乃“金陵八家”画派中的一员。他曾在顺治十年游黄河，归来后笔墨一变为纵横放逸，改变以前的风格；书中说他“偶画墨竹，亦有水墨淋漓”之致。他的传世作品有《柘溪草堂图》《水榭待客图》《山村樵木图》等。

他的《柘溪草堂图》描绘的是，坐落在白马湖东岸树丛中的小村、主人的优雅住所——柘溪草堂。因为环境太美，以至于主人邀请画家将它描绘下来，并将其日常的生活表现于中，使此画成为得意之作。我们可以看到，村前有一座小桥，湖水环绕着村庄，树林里的楼台面对湖水，主人或来客可登楼远眺，或与客人相对而坐、侃侃而谈，有如置身世外桃源。

有同学问及国画的装裱，此处再略讲一些国画装裱之相关知识。由于国画多绘于易于破碎、变形之宣纸或绢物之上，故我国国画均须在背后用纸托裱，以绞、绢、纸等镶边后装上轴杆，以便保存留传。我国绘画装裱技术距今已有千余年的历史；在传统的意义上，国画装裱后才算是一幅完整的作品。

立轴

立轴是国画中装裱的一种式样。中间部分叫“画心”（又名“画身”），上面称“天头”，下面称“地脚”。上、下又有“隔水”。装裱尺寸四尺以上的称为“大轴”，俗称“中堂”；特大的称为“大堂”或“大中堂”；三尺以下的画幅称“立轴”。上装天杆，下装轴。有的天头贴“惊燕带”（又称“绶带”），这种格式盛行于北宋宣和年间。“画心”上、下端加镶锦条，称之为“锦眉”。

册页

册页是中国书画装裱的一种式样。因画身不大，亦称之为“小品”。有正方形，也有长方形、竖形或横形；有推蓬式、蝴蝶式和经摺式三种；也有裱成单片的，称之为“散装”。一般册页均取双数，少则四开、八开、十开，多则十二开、十六开或二十四开。册页外镶边框，前、后添加副页，上、下加板面。这样，欣赏、携带、保存、收藏就比较方便了。

屏条

屏条是中国书画装裱的一种式样，由于画身狭长，所以有装裱成屏条形式的。屏条单独的称为“条屏”；四幅并排悬挂的称为“堂屏”或“四季屏”；也有四幅以上乃至十二幅、十六幅的，这些都是成双的完整画面，称为“通景屏”或“通屏”。

手卷

手卷也是装裱式样中的一种，也称“长卷”或“图卷”。外面有“包首”，前面有“引首”，中间是作品；紧连作品两边的叫“隔水”，后面有“拖尾”。“包首”的上面贴有“题签”。历代名画如北宋王希孟的《千里江山图》，张择端的《清明上河图》，元代黄公望的《富春山居图》等，都是手卷的装裱式样。

（二）石涛

石涛是明朝悼僖王朱赞仪的第十世孙，父名朱亨嘉，曾于南明隆武时在广西自称“监国”，后被俘遭杀，其时年尚幼小。他本来是明末皇族，未满十岁家庭惨遭变故，于是削发为僧，四处流浪；他法名叫原济，亦作元济（后人误传为“道济”），号石涛，又号苦瓜和尚、大涤子、清湘陈人等。

他因逃避兵祸，四处流浪，得以遍游名山大川，而悟大自然之奇妙造化；至清康熙时期，其名已传扬四海；他曾两次在扬州为康熙帝接驾，并奉献《海晏河清图》。

石涛所画山水、兰竹、人物等，讲求创意，构图善于变化，笔墨恣肆，意境新奇，一反当时仿古之风，王原祁评他为“大江以南，当推石涛为第一”。他的画作对扬州画派及近代中国画影响很大，兼工书法和诗，对画论尤有深入研究；所著有《苦瓜和尚画语录》（其手写刻本，名《画谱》）较为有名。

其一生遍游名山大川作画写生，“搜尽奇峰打草稿”，为明清时期最富创造性的一代大画家。他作画构图新奇，无论是黄山云烟、江南水墨，还是悬崖峭壁、枯树寒鸦，总能力求新奇，意境清新悠远，尤善用“截取法”以传深邃之境；石涛还讲求气势，故其笔势恣肆、淋漓洒脱而又不拘小疵，有豪放之态，以奔放见胜。

石涛善用墨法，枯湿、浓淡兼容并施，尤喜用湿笔，通过水墨的变化与笔墨的相融，多能表现山川之氤氲气象，或意境深远、厚重之态，有时用墨浓而显墨气淋漓，有时运笔酣畅流利或加方拙之笔，于是方圆结合以显朴实，秀拙相生而露清新。

他擅画山水，主张应细心体察大自然之景观，领会于心而下笔如有神助，笔墨“当随时代”而绘；画山水者应“脱胎于山川”“搜尽奇峰”，进而“法自我立”，《黄山八胜图》即是其代表作之一。石涛的传世作品有《搜尽奇峰打草稿图》《黄山八胜图》《海晏河清图》等。

（三）八大山人

八大山人原名朱耷，清初著名画家。字雪个，号个山，后更号为个山驴、八大山人等，江西南昌人，明朝皇室之后。清初之时隐其姓名，隐居在南昌青云谱道观。

八大山人经历明清之际天翻地覆的时局变化，且自身从皇室沦为逸民，并为避害而出家，可见其饱经苦难；其诗文书画出众，但因家破国亡之故，装聋作哑，从其作品中可略见其心之悲怆。

朱耷擅画水墨花卉禽鸟，笔墨简括凝练、形象夸张、意境深刻；所写山水，画境冷清、枯寂；其水墨画技法对后世写意画影响很大；他的山水画及花鸟画，多所体现其内心孤寂遁世、清高自赏的风骨和性情品格，丝毫不比他的花鸟画逊色。兼有豪情纵逸的雄健风格、朴茂酣畅的凝重情意和生拙涩秀的奇特韵味，然而虚淡中含意多，蕴涵深刻。

此幅《山水图》亦名《秋林亭子图》，写秋数茅亭、地老天荒之景，笼罩着一派荒凉静寂、无可奈何的气氛，有一种哭笑不得的枯索情味。

八大山人书法成就颇高，致使将其画名掩盖，知者不多。其书法，行楷学王献之的淳朴圆润，并自成一格。其所写书体，以篆书之圆润施于行草，自然起落，以高超的手法将书法的落、起、走、住、叠、围、回等技巧藏蕴其中，且能不着痕迹。古人谓之“藏巧于拙，笔涩生朴”，由此可知八大山人书法之妙，世之少见。

能窥山人之书体全貌的，莫过于《个山小像》中其所题字包含篆、隶、章草、行、真等六体书之，可见其功力之深，世间罕见伦比者，可谓集山人书法之大成。其晚年时，书法达其艺术成就之巅，草书亦不再怪异、雄伟，如其所写之行书四箴入《般若波罗蜜多心经》等，平淡无奇、混若天成，无丝毫修饰，静穆单纯，似超脱凡俗、不着人间烟气，是书家所爱之珍品。

（四）邹喆及国画之技法

邹喆，清代画家。字方鲁，江苏吴县人。自幼随父亲客游金陵，其画宗法于其父。其山水画稳重而有古气，富简淡清逸、超绝脱俗之情趣，兼长水墨花卉。此画设色清雅，笔墨精练，画面意境清旷，笔墨秀润峭利，至令景物清隽生动、形象逼真。

《崇山萧寺图》描写崇山峻岭山坳间，有寺院深藏幽静处，山脚下有水竹村庄、村舍错落；旁边溪回路曲、小溪蜿蜒；另板桥横跨，设色清雅，故而画面生动；其笔粗犷苍劲，又不失清淡超逸之趣，确属佳作。

金陵的山水景色陶醉，遂定居此地。他的山水画简淡清逸，也擅长水墨花卉，大幅的松树作品尤为出色，为世人珍藏；画风上则继承父亲风格，约卒于康熙中期。传世作品有《崇山萧寺图》《松林僧话图》《山水》等。

最近，有同学来问国画技法，余在此略述一些。我国国画的技法自古流传的不少，但常用者或有独特之处归纳如下：

十八描

十八描指人物画中衣服褶纹的描绘方法，又有“古今描法一十八”之称。此法在明代周履靖的《夷门广牍》和汪珂玉的《珊瑚网》中有讲述，简称“十八描”——即高古游丝描（顾恺之）、铁线描、行云流水描、马蝗描（又名“兰叶描”，马和之）、钉头鼠尾描（武洞清）、混描、撅头描（马远、夏圭）、曹衣描（曹不兴）、折芦描（梁楷）、橄榄描（颜辉）、枣核描、柳叶描（吴道子）、竹叶描、战笔水纹描、减笔描（马远、梁楷）、柴笔描、蚯蚓描。

双勾

双勾就是用线条勾描物像的轮廓，又名“勾勒”。因其基本是用左右或上下两笔勾描合拢，故又名“双勾”，多用于工笔花鸟画。

白描

白描指用墨线勾描物体而不加色彩的一种手法。唐代的吴道子、北宋的李公麟、元代的赵孟頫等都是白描的高手。

皴法

皴法指一种表现山石、树皮纹路的用笔方法。对历代画家根据山石的不同结构、质感、树木的纹理所创造的表现形式，是后人根据前人的经验以及对大自然的体会所总结的不同手法。而历代下来，皴法主要有以下几种：披麻皴（董源、巨然）、直擦皴（关仝、李成）、雨点皴（范宽）、卷云皴（李成、郭熙）、解索皴、牛毛皴、荷叶皴（赵孟頫）、长斧劈柴皴（李唐、马远）、鬼脸皴（荆浩）、拖泥带水皴（米芾）、折带皴（倪瓒）、破网皴（吴伟）。树的皴法有：有鳞皴（松树皮）、绳皴（柏树皮）、交叉麻皮皴（柳树皮）、点擦横皴（梅树皮）、横皴（梧桐树皮）。

没骨

没骨指一种不用笔勾、墨画为骨，而直接用色彩涂抹、描绘物体的一种手法。五代黄筌所画花卉，勾勒用笔较细，着色后几乎不见笔迹，遂有“没骨花枝”之称；后来到北宋时期，有画家徐崇嗣学黄荃之手法，所绘花卉更是不加墨线勾线，只用彩色画成，世称“没骨画”，后人将此类画法称之为“没骨法”。

泼墨

泼墨指将墨泼于纸上后，随其形状画出景物的一种手法。相传唐代的王洽，曾以墨于纸上而画出形神兼顾的画作，遂成绘画的创作方式。后世将用笔水墨饱满、淋漓尽致、气势磅礴的手法称之为“泼墨”。

（五）髡残

髡残，湖南武陵（今常德）人。字介丘，号石溪，又号白秃，一号壤，自称残道人，晚年署名“石道人”；在画坛上与石涯并称“二石”，又与程正揆并称“二溪”。

据说，其母梦僧人入室而孕，因而他年岁稍长，总以为自己前生是僧人，故常思出家。程正揆在《石溪小传》中说髡残“廿岁削发为僧，参学诸方，皆器重之”。髡残自幼爱好绘画，年轻时放弃求取功名，二十岁削发为僧，云游名山；三十岁时明朝灭亡，他参加了何腾蛟的反清队伍，抗清失败后，避难常德桃花源。

髡残善绘画，尤其精于山水，绘画技法宗法黄公望、王蒙，早期基础出于明代谢时臣，所融之技法可上追元代四大家及北宋之巨然，曾说：“若荆、关、董、巨四者，得其心法惟巨然一人。巨然媲美于前，谓余不可继迹于后。”他习学元代四家以及明代大画家董其昌的画法，同时敢于“变其法以适意”，并以书法入画，不做临摹效颦，此真可见其重情用心、重视笔墨技法之处。

他在艺术上主张抒发个性，敢于创新，反对古板陈旧、墨守成规，其作品充满质朴的感情，似不假造作、真挚感人，故而风格独特，于当时成就最为突出，对后世影响很大。

髡残的山水画章法稳健，繁杂严密而不堵，郁茂浓厚而不塞，景色不以新奇取胜，而以平凡见其幽深处。其善用雄健之秃笔和渴墨，层层皴擦勾染，厚重而不板滞，秃笔而不干枯，是以他的作品具有“奥境奇辟，缅邈幽深，引人入胜”的艺术境界。

他平生喜游历名山大川，对大自然之博大神奇有其独到的领会，后住在南京牛首山幽栖寺。曾自谓平生有三惭愧：“常惭愧这只脚，不曾阅历天下多山；又常惭此两眼钝置，不能读万卷书；又惭两耳，未尝记受智者教诲。”

髡残的性格比较孤僻，书中云他“鲠直若五石弓，寡交识，辄终日不语”。对于禅学，他亦有独到之体悟，能“自证自悟，如狮子独行，不求伴侣者也”。他的画学，在当时已有相当造诣，受到周亮工、龚贤、陈舒、程正揆等人的推崇，因而他在当时的佛教界和艺术界皆有很高的声望。

髡残从事绘画比他人艰难，也付出更多心力，因其一生多受病痛折磨，可能与他早年避兵隐居桃源深处有关，但他从未放逸其心。他尝在《溪山无尽图卷》自题省悟之语，颇为感人。其语云："大凡天地生人，宜清勤自持，不可懒惰。若当得个懒字，便是懒汉，终无用处。出家人若懒，则佛相不得庄严而千家不能一钵也。神三教同是。残衲时住牛首山房，朝夕焚诵，稍余一刻，必登山选胜，一有所得，随笔作山水画数幅或字一两段，总之不放闲过。所谓静生动，动必做出一番事业，做一个立于天地间而无愧的人。若忽忽不知，惰而不觉，何异于草木！"

张庚在《国朝画征录·髡残传》中有评云："石溪工山水，奥境奇辟，缅邈幽深，引人入胜。笔墨高古，设色精湛，诚元人之胜概也。此种笔法不见于世久矣。"由此可见，髡残之画深得元代四大家之精髓。

髡残的《层岩叠壑图》这幅画看似排列凌乱，却有"山外有山，移步换景"之效果；其中的山石草木、亭台楼阁经营位置较妙，能达相互交融、相互呼应而又变幻莫测的意境；而山石结构忽而清晰，忽而别致，前后又能浑成一体，让人忍不住反复观看、揣摩，并觉兴味盎然。复杂的构图又显雄浑磊落的气势。

（六）弘仁

弘仁，明末清初画家，僧人，安徽歙县人。俗姓江，名韬，字六奇；明末诸生，工诗文、书法，其诗多从家国身世有感而来，明亡后出家，法名弘仁，字无智，别名渐江，自号渐江学人，又号渐江僧、无智、梅花老衲。自幼丧父，家贫，事母至孝，一生未娶。

他是明末秀才，明亡后，有志抗清，离歙赴闽，入武夷山为僧，师从古航禅师；云游各地后回歙县，住西郊太平兴国寺和五明寺，经常往来于黄山、雁荡山；工诗文、书法，其诗多从国家身世有感而发，其中尤其以民族感情至为强烈，其人画风萧散淡泊、简洁冷峭。

他擅画山水，取法宋元诸家，尤喜倪瓒（云林），师其法而用功最多；虽尊师法，但又不拘于师法，并能独自创新，所谓“师法自然，独辟蹊径”可作他艺术生涯的注脚。他的作品多画黄山，构图简洁，山石方折，险峰壁立，奇松倒挂；笔墨秀逸而凝重，意境宏阔亦淡远；其画气势峻伟，先声夺人；其人亦善画梅，绘画多得梅花疏枝淡蕊、冷艳寒吞之韵致。

弘仁早年从学孙无修，中年师从萧云从，从宋元各家入手，后来师法“元代四家”，尤崇倪瓒画法，作品中如《清溪雨霁》《秋林图》《古槎短荻图》等取景清新，多有云林遗意。他对倪瓒十分崇拜，曾于画中题诗云“迂翁笔墨予家宝，岁岁焚吞供作师”，可见其尊重如斯。

弘仁以画黄山而闻名，世人谓“得黄山之真性情”，笔墨苍劲整洁，富秀逸之气，给人以清新之意趣。与石涛、梅清成同为“黄山画派”中的代表人物。查士标在他的山水画题云：“渐公画入武夷而一变，归黄山而一奇。”

弘仁的绘画于当时及后世皆享誉极高，后人将其与髡残、朱耷、石涛合称“清初四高僧”；又与汪之瑞、查士标、孙逸合称为“新安派四大家”，又称“海阳四家”，弘仁居首位。学他画风的有祝昌、高翔、秦涵等人。

张庚在《国朝画征录》中说：“新安画多宗清（倪瓒）者，盖渐师道先路也。”代表作有《乔松羽士图》《松石图》《黄山蟠龙松》《梅屋松泉图》《黄海松石图》等。

图画修得法

我国图画，发达盖早。黄帝时史皇作绘，图画之术，实肇乎是。有周聿兴，司绘置专职，兹事寖盛。汉唐而还，流派灼著，道乃烈矣。顾秩序杂沓，教授鲜良法，浅学之士，靡自窥测。又其涉想所及，狃于故常，新理眇法，匪所加意，言之可为于邑。不佞航海之东，忽忽逾月，耳目所接，辄有异想。冬夜多暇，掇拾日儒柿山、松田两先生之言，间以己意，述为是编。夫唯大雅，倘有取于斯欤?

（一）图画之效力

浑浑圆球，汶汶众生，洪荒而前，为萌为芽，吾靡得而论矣。迨夫社会发达，人类之思想寖以复杂。而达兹思想者，厥有种种符号。思想愈复杂，符号愈精密。其始也蟠屈其指，作式以代，艰苦万状，阙略滋繁。厥后代以语言，发为声响，凡一己之思想感情，佥能婉转以达之，为用便矣。然范围至狭，时间綦促，声响飘忽，霎不知其所极，其效用独未为完全也。于是制文字、尚纪录，传诸久远，俾以不朽。虽然社会者，经岁月而愈复杂者也。吾人之思想感情，亦复杂日进，殆鲜底止。而语言文字之功用，有时或穷。例如，今有人千百，状人人殊，必一一形容其姿态服饰，纵声之舌，笔之书，匪涉冗长，即病疏略，殆犹不毋遗憾焉。而以所以弥兹遗憾，济语言文字之穷者，是有道焉。厥道为何？曰唯图画。

图画者，为物至简单，为状至明确。举人世至复杂之思想感情，可以一览得之。挽近以还，若书籍、若报章、若讲义，非不佐以图画，匡文字语言之不逮。效力所及，盖有如此。

说者曰："图画者娱乐的，非实用的。"虽然，图画之范围綦广，匪娱乐的一端所能括也。夫图画之效力，与语言文字同，其性质亦复相似。脱以图画属娱乐的，又何解于语言文字？倡优曼辞独非语言，然则闻倡优曼辞，亦谓语言属娱乐的乎？小说传奇独非文字，然则诵小说传奇，亦谓文字属娱乐的乎？三尺童子当知其不然矣。人有恒言曰：言语之发达，与社会之发达相关系。今请易其说曰：图画之发达，与社会之发达相关系，蔑不可也。人有恒言曰：诗为无形之画，画为无声之诗。今请易其说曰：语言者无形之图画，图画者无声之语言，蔑不可也。若以专门技能言之，图画者美术工艺之源本。脱疑吾言，曷鉴泰西一千八百五十一年，英国设博览会，而英产工艺品居劣等。揆厥由来，则以笃守旧法故。爰憬然自省，定图画为国民教育必修科，不数稔，而英国制造品外观优美，依然震撼全欧。又若法国，自万国大博览会以来，不惜财力、时间、劳力，以谋图画之进步，置图画教育视学官，以奖励图画，而法国遂为世界大美术国。其他若美、若日本，佥模范法国，其美术工艺亦日益进步。夫一叶之绢，一片之木，脱加装饰，顿易旧观。唯技术巧拙，各不相埒，价值高下，爰判等差。故有同质同量之物，其价值不无轩轾者，盖有由也，匪直兹也。图画家将绘某物，注意其外形姑勿论，甚至构成之原理，部分之分解，纵极纤屑，靡不加意。故图画者可以养成绵密之注意，锐敏之观察，确实之智识，强健之记忆，著实之想象，健全之判断，高尚之审美心。

（今严冷之实利主义，主张审美教育，即美其情操，启其兴味，高尚其人品之谓也。）此图画之效力关系于智育者也。若夫发扬审美之情操，图画有最大之伟力。工图画者其嗜好必高尚，其品性必高洁。凡卑污陋劣之欲望，靡不扫除而淘汰之。其利用于宗教育道德上为尤著，此图画之效力关系于德育者也。又若为户外写生，旅行郊野，吸新鲜之空气，览山水之佳境，运动肢体，疏瀹精气，手挥目送，神为之怡，此又图画之效力关系于体育者也。

今举前所述者，括其大旨，表之如下：

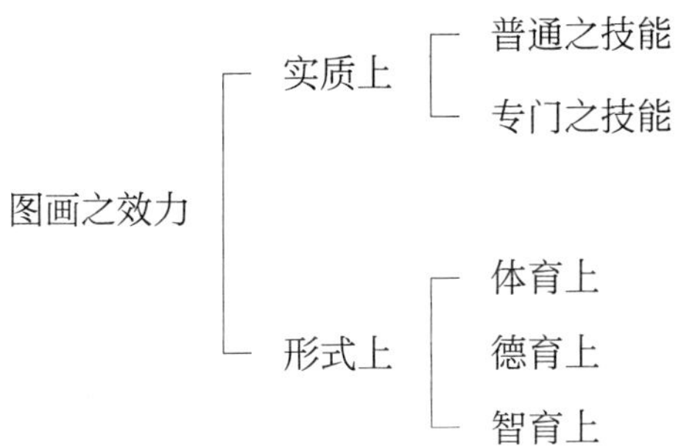

（二）图画之种类

图画之种类至繁蘩赜，匪一言所可殚。然以性质上言之，判图与画为两种，若建筑图、制作图、装饰图模样等。又不关于美术工艺上者，有地图、海图、见取图①、测量图、解剖图等，皆谓之图，多假器械辅助而成之。若画者，不以器械辅助为主。今吾人所习见者，若额面②、若轴物、若画帖，皆普通画也。又以描写方法上言之，判为自在画与用器图两种。凡知觉与想象各种之象形、假目力及手指之微妙以描写者，曰自在画。依器械之规矩而成者，曰用器图。之二者为近今最普通之名称。表其分类之大略如下：

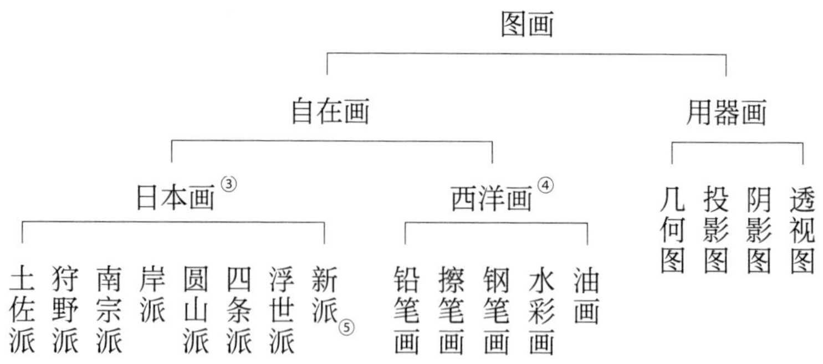

（三）自在画分类概说

1. 精神法

吾人见一画，必生一种特别之感情。若者滑稽，若者激烈，若者和蔼，若者高尚，若者潇洒，若者活泼，若者沉着，凡吾人感情

---

① 旧时示意图的称呼。

② 带框的画。

③ 源自中国，颇多变化。今所存者，厥有数派。——作者注，下同

④ 明治十年后，欧美输入者。流派颇繁，姑不具论。述其种类，大略如下。

⑤ 汇集诸派，参以西洋画之长，谓之新派。

所由及，即画之精神所由在。精神者千变万幻，匪可执一以搦之者也。竹茎之硬直，柳枝之纤弱，兔之轻快，豚之鲁钝，其现象虽相反，其精神正以相反而见。殊于成心求之，偵矣。故作画者必于物体之性质、常习、动作，研核翔审，握管抑写，庶几近之。

2. 位置法

论画与画面之关系曰位置法。普通之式，画面上方之空白，常较下方为多。特别之式，若飞鸟、氢气球等自然之性质偏于上方，宜于下方多留空白，与普通之式正相反。又若主位偏于一方，有一部岐出，其岐出之地之空白，宜多于主位。其他向左方之人物，左方多空白。向右方之人物，右方多空白。位置大略，如是而已。

3. 轮廓法

宇宙万类，象形各殊。然其相似之点正复不少。集合相似之点，定轮廓法凡七种：

甲，竿状体：火箸、鞭、杖、棒、旗竿、钓竿、枪、笔、帆樯、

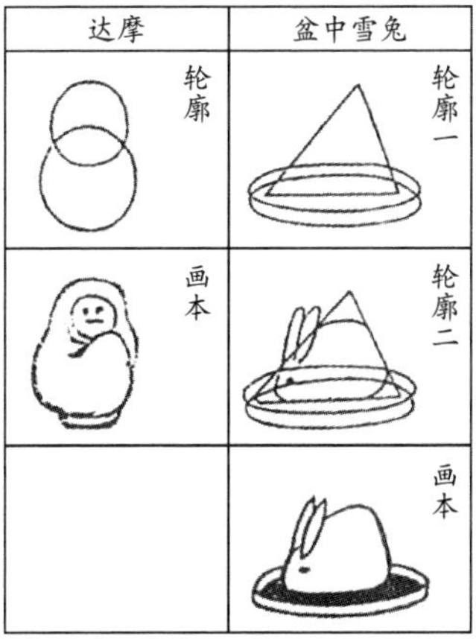

达摩	盆中雪兔
轮廓	轮廓一
画本	轮廓二
	画本

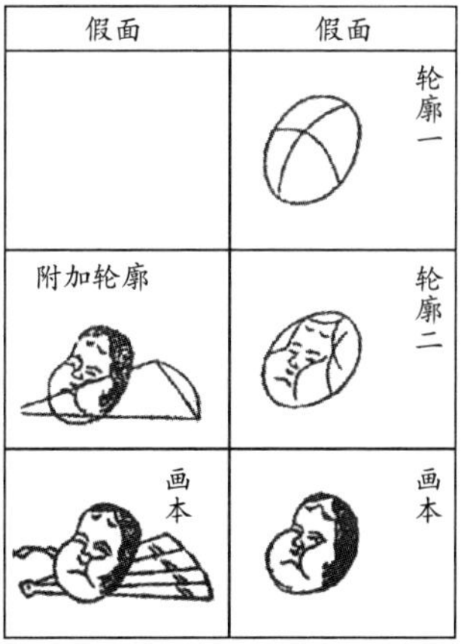

假面	假面
	轮廓一
附加轮廓	轮廓二
画本	画本

弓、矢、笛、锹、铳、军刀、筏乘等之器用；竹、蔺草、女郎花等之禾本类隶焉。

乙，正方体（立方平板体，长立方体属此类）：手巾、包袱、石板、书籍、书套、算盘、皮箱、箱子、方盒、砚台、笔袋、镜台、方圆章、方瓶、大盆、烟草盆、刷毛、尺、桥床、几、方椅、方凳、马车、汽车、汽船、军舰、帆船、衣服折等之器用；马、牛、鼠、鹿、猫、犬等之兽类隶焉。

丙，球（椭圆、卵形属此类）：日、月、蹶球、达摩、假面、茶壶、茶碗、釜、地球仪、瓢帽、眼镜等之器用；桃、李、橘、梨、橙、柿、栗、枇杷、西瓜、南瓜、茄子、葫芦、水仙根、玉葱等之果实、野菜类；鸠、家鸭、莺、燕、百舌、鹤、雀、鹭等之鸟类。各种之花类；有姿势之兔、鼠、金鱼、龟、蚕等隶焉。

丁，方柱：道标、桥栏、邮筒、书箱、纪念碑、五重塔、阶段、家屋等隶焉。

鯛	鯛
	轮廓一
附加轮廓	轮廓二
画本	画本

鹭	梨
轮廓一	轮廓
轮廓二	画本
画本	

戊，方锥：亭、街灯、金字塔、炭斗，或家屋、建筑物等隶焉。

己，圆柱：竹筒、印泥盒、饭桶、灯笼、鼓、手卷、千里镜、笔筒等之器用类；乌瓜、丝瓜、胡瓜、白瓜、萝卜、藕、荚豆等之野菜类；鱿、鳗、鲇等之鱼类隶焉。

庚，圆锥：独乐、喇叭、笠、伞、蜡烛、桶、洋灯、杯、壶、臼、杵、锥、锚、电灯罩等隶焉。

又有结合七种之形态，成多角体之轮廓。凡花草虫鱼鸟兽人物山水等，属此类者甚多。

篆刻简述

一、缘起

承蒙诸位抬举，说我于篆刻有所深研，这些话实在过誉。既然诸位对敝人学篆刻的事感兴趣，那么敝人就略述个中简概，以供诸位参考！因我国篆刻艺术源远流长，从头讲起，恐篇幅太长而时间不许，故今日先略讲明代以前的篆刻发展，之后将从明代流派开讲，因明代以前，篆刻多用于官府，文人士子亦多不涉及；明以后，篆刻方为文人所自习，遂成文化大观。

篆刻，自商周始即应用于政治中，后影响所及更广，举凡政治、经济、军事、法律、文化、艺术乃至宗教，无不产生过密切联系；且其美术价值极高，故与书法、绘画最终鼎足而立，故不可轻视其艺术特性。经过几千年的发展与变革，至明清之际蔚为大观，终成独立之艺术。

篆刻起源，据考起自商周，那时多用于帝王之玺或官府之印。至春秋战国时期，刻印已有私用，间有当着饰物者；因当时小国林立，故篆刻之印因文化之差异而风格各异。

至秦汉时期，篆刻之法更趋成熟，因文化成就所影响——尤其汉代篆刻，其印面篆文与处理方法，一直为篆刻家追求的艺术境界，认为那是篆刻艺术难以逾越的艺术巅峰。

经魏晋南北朝而到隋唐时，因文化的高度发展，故篆刻也呈现出“中兴”气象，其中尤其是因皇帝的收藏以及用于鉴赏字画之印，因而隋唐时篆刻在继承之上有所发展。

到宋元时期，官印、私印比前代都有所增加，且于此时出现了文人自篆自刻的现象了，后人将元朝王冕视为文人自刻印章之第一人；又因赵孟頫、吾丘衍等文人提出篆刻复古的思想，加之古印谱的汇集与印刷业的发达，因而开文人篆刻之先河。此时的篆刻著作，较有名者如钱选的《钱氏印谱》、赵孟頫的《印史》（一卷）、吾丘衍的《古印式》（二卷）、吴睿的《汉晋印章图谱》、杨遵的《杨氏集古印谱》、陶宗仪的《古人印式》等，故篆刻至元代时已有长足的发展。

至明代时期，因文彭、何震、苏宣等人的爱好与成就，加上古印谱的印刷与流通，故令篆刻艺术于明朝一代大放异彩，后形成了不少流派；其中，以文彭、何震、苏宣最为杰出。

到清代时，篆刻更是达到空前的发展，其成就几乎可与汉代比肩。其时主要以汲古、创新为特色，流派纷现，个性分明，且不乏篆刻之大家，令篆刻又达一座新高峰。

以上为篆刻之艺术特点，简述如上，以利综观，详情容后再述。

二、明代篆刻

前面讲到，篆刻至元代时，已从官印扩充到私印，并出现文人自刻自篆之风。这主要是因为宫廷及民间辑录的古印谱增多；加上大书法家赵孟頫、吾丘衍等人的提倡；又因印刷业的发达，令印谱流传渐广，故篆刻至元代，不但开文人自刻之先河，且开复兴之气象。

明代时期，因印刷之便利、石材多样化，以及印学理论之兴起，于是文人篆刻渐成风气，致使文人流派异军突起，成为明代艺术风景线上一道亮丽的景色。其中，文彭、何震二人被世人认为是明后期最杰出的两大印家，对当时篆刻艺术影响极大。

（一）文彭

文彭，字寿承，号三桥，长洲（今江苏苏州市）人，书法家文徵明的长子，与弟弟文嘉一起称誉艺坛，曾任两京国子监博士，故世称“文博士”，他是明代中期著名的篆刻家，是明代篆刻史上的先驱者。

文彭曾尝试将青田石作刻印材料，很成功，后被文人广泛采用和传播；又因其身份显赫，又开风气之先河，故后人公认其为明代篆刻之领袖。时人对他评价较高，如朱简云：“德靖之间，吴郡文博士寿承氏崛起，树帜坫坛……自三桥而下，无不人人斯籀，字字秦汉，猗欤盛哉！”可见其影响所及。

据明代王野的评论，文彭的篆刻作品“法虽出入，而以天韵胜”。以其作品观之，其印以安逸清丽为主调，刻意师法汉代，但亦有宋元之遗风。以其书画作品上的钤印考之，后世认为出自文彭之手的，如“文彭之印”（朱、白各一）、“文寿承氏”“文寿承父”“寿承氏”“三桥居士”等；常见者为“寿承氏”“七十二峰深处”二印。这些印的四周边栏都呈现严重剥蚀状，颇似金石所印效果，而这种洁净的篆法配以古朴边栏的处理方法，成为后世修饰印面技艺之先声。

综观其于篆刻之贡献，可分为二：一是开创以石材刻印，后遂成风气，开辟了石章之先河；二是师法秦汉，摈除宋元之流弊，有承前启后之功绩。他所开创的“吴门派”（亦称“三桥派”），开篆刻流派之端绪，故后人将他视为流派篆刻之开祖。

（二）何震

何震，字长卿，又字主臣，号雪渔，安徽婺源人（婺源，明清时期属于安徽徽州，现划归江西管辖，明代《徽州府志》《安徽通志》有记载），明代著名篆刻家，与文彭合称为“文何派”。

何震一生曾游历过江苏、浙江、上海、福建等地，是一位终生靠卖印为生的篆刻家。早年客居南京，曾与文彭探讨六书，终日不休。后来，由友人江道昆（著名文学家，官至兵部佐侍郎）引荐，后遍历边塞，因篆艺精到，故而名噪一时；晚年又回到南京，后居承恩精舍，“直至无钱，主僧为之含殓”。

何震一生对篆刻痴迷，而贡献亦大。他的作品多呈苍劲老练、持重稳重之势，用力刚猛，线条犀利，如“云中白鹤”一印即是；其他易见之精品，如“沽酒听渔歌”“兰雪堂”等印。

他的印颇具秦汉章法，对其作品也推崇备至，说其“白文如晴霞散绮、玉树临风，朱文如荷花映水、文鸳戏波……莫不各臻其妙，秦汉以后一人而已”。董其昌更有“小玺私印，古人皆用铜玉。刻石盛于近世，非古也；然为之者多名手，文寿承、许元复其最著已。新都何长卿从后起，一以吾乡顾氏《印薮》为师，规规帖帖，如临书摹画，几令文、许两君子无处着脚”之语。

后于明万历二十八年（1600 年）辑自刻印而成印谱，取名《何雪渔印选》，开印家汇编自刻印之先河，颇具开拓之精神。时人称他的成就为“近代名手，海人推为第一”，诚实语也。

他后来开创了“雪渔派”，篆刻风格影响当时篆刻界，乃至整个文化艺术界及政治用途，其后延续至明末清初，可见其印影响之大！时人多争相收藏其所篆之印——“工金石篆刻，海内图书出其手者，争传宝之。生平不刻佳石及镌人氏号，故及今流传尚不乏云。”（《徽州府志》，1699 年）

（三）苏宣

苏宣，字尔宣，安徽歙县人，篆刻曾得文彭的传授，但受何震的影响较大。其印中精品有“啸民”“苏宣之印”“流风回雪”等，所治之印，篆法自然，刚劲有力，既有何派之猛利，以掺以自家之平实，故别具一番新气象。

他在晚年总结治印心得时说：“始于摹拟，终于变化，变者愈多，化者愈化，而所谓摹拟者愈工巧焉。”其印与何震的“神而化之”是相承的，故明代吴钧赞叹其印“雄健”，有浑朴豪放之势。苏宣亦曾感慨云：“余于此道，古讨今论，师研友习，点画之偏正，形声之清浊，必极其意法，逮四十余年，其苦心何如！”

他曾在文彭家设馆，得文彭传授篆法；后纵览秦汉玺印，深得汉印的布白之妙，在朱、白文的处理上充分汲取了斑驳气息，多追求金石气息，因其印古朴苍浑，故名扬海内。因他的篆刻在当时颇有名气，仅次于文、何，时人称他与文彭、何震三家鼎立，曾著有《苏氏印略》，计四卷。

（四）朱简

朱简，明代篆刻家，字修能，号畸臣，后改名闻，安徽修宁人。

其人工诗文，精研古代篆体，师事陈继儒。曾从友人收藏品中看过大量的古印原拓本，后来花了两年时间精心摹刻，编成《印品》二集，对于后人分辨印章真假、考证玺印、深研章法都有极大好处；并首创印学批评，提出篆刻分“神、妙、能、逸”四品，为其独到见解。其印有“董玄宰”“董其昌”“陈继儒”“冯梦祯印”等，可谓其代表作。

其篆刻着重笔意，以切刻石，后自成一家。他曾在《印章要论》中说：“印始于商周，盛于汉，沿于晋，滥觞于六朝，废弛于唐宋，元复变体，亦词曲之于诗，似诗而非诗矣。”“印谱自宣和始，其后王顺伯、颜叔夏、晁克一、姜夔、赵子昂、吾子行、杨宗道、王子弁、叶景修、钱舜举、吴思孟、沈润卿、郎叔宝、朱伯盛，为谱者十数家，谱而谱之，不无遗珠存砾、以鲁为鱼者矣。今上海顾氏以其家所藏铜玉印，暨嘉禾项氏所藏不下四千方，歙人王延年为鉴定出宋元十之二，而以王顺伯、沈润卿等谱合之木刻为《集古印薮》，裒集之功可谓博矣。然而玉石并陈、真赝不分，岂足为印家董狐耶？”可见其涉猎及领悟颇深。

对于篆法，他认为：“石鼓文是古今第一篆法，次则峄山碑、诅楚文。商、周、秦、汉款识碑帖印章等字，刻诸金石者，庶几古法犹存，须访旧本观之。其他传写诸书及近人翻刻新本，全失古法，不足信也。”此可谓至论，值得我辈深思！

善诗，与李流芳、赵声光、陈继儒等交往较密；由于他的广见博闻，故其在印学理论上的造诣颇深，著有《印品》《印经》《菌阁藏印》《修能印谱》行世。

（五）汪关

汪关，原名东阳，字杲叔，后得一方汉代“汪关”古铜印，遂改名汪关，后更字尹子，安徽歙县人；汪关不仅痴迷收藏，还喜钻研秦汉古玺印章，并潜心摹刻；他的儿子汪泓在其影响下亦爱上刻印。汪关父子开创了一种明快工稳、恬静秀美的印风，深得众人青睐；但因过于痴迷，故得“大痴”“小痴”之雅号。

汪关父子的印风对后世影响较大。与他们同时代的著名书画家、篆刻家李流芳在《题杲叔印谱》中赞道：“今世以此道行者，自长卿（何震）而后，有苏啸民、陈文叔、朱修能诸人，独杲叔（汪关）独痴，足迹不出海隅，世无知之者。然能有汉、宋、元之长，而独行其意于刀笔之外者，不得不推杲叔。吾谓长卿之后，杲叔一人而已。世有知者，当不以吾言为妄也。”可见其于艺术追求之执着不同一般。

汪关治印朴茂稳实，仿汉印神形俱备，他治印，善使冲刀，刀法朴茂稳实，章法一丝不苟，深得汉印神韵，边款亦有功力，为明人追模汉法之开创者，令当时印坛面目一新，受其影响者有沈世和、林皋等；著有《宝印斋印式》二卷行世。

（六）明代印谱

明代时期，文人或篆家汇集古印而辑成谱者众，可谓“蔚然成风”，其中最有影响的当推明万历年间顾从德所汇集之《印薮》（木刻本）——此谱原拓本名为《集古印谱》，初仅拓二十部，“虽好者难睹真容”，在当时影响极大。三年后又作修订，屡经翻版，故流传极广，对当时篆刻的传播与推广有较大的影响。

当时，大部分篆刻家集中在以南京、苏州为中心的江南，故篆刻与文学、书法、绘画交流较密；而不少书画名家也乐于自刻自篆，如文彭、赵宧光、朱简、李流芳等人。由于印学理论在发展中形成了两派意见，即主张复古和反对复古，因而促进了印学理论的进步。而明代的印学著作最为杰出者，当推周应愿的《印说》、朱简的《印品》和徐上达的《印法参同》。《印说》一书所涉甚广，论议中常有精要之言，并对时兴之石章镌刻法总结出六种刀法之害，对后世影响极大；它还于中提出了审美之见解，可算得上是篆刻美学开创性作品。而《印品》一书，是朱简广交印家及收藏家，看过他们收集的古今印章近万枚，共花了十四年时间摹刻了自周秦至元明间的各类玺印刻章，并详加评论，而编成《印品》一书，共计五册。《印法参同》一书，是徐上达对篆刻技法与理论的深入和发挥，颇具艺术价值，对明代及清代的印学有极大的贡献。

三、清代篆刻

习书法篆刻，宜从《说文》的篆字入手，隶、楷、行等辅之；书法篆刻作品皆宜作图案观，古人云“七分章法，三分书法”，谓为信然，诚为笃论。于常人所注之字画、笔法、笔力、结构、神韵，乃至某碑某帖某派，吾人皆一致屏除，不刻意用心揣摩，此为自见，不知当否？

篆刻之法，亦应求自然之天趣，刻印亦可用图画的原则，并应注重章法布局。篆刻工具，可用刀尾扁尖而平齐若椎状之刻刀。因锥形之刀仅能刻白文，如以铁笔写字也；扁尖形之刀可刻朱文，终不免雕琢之痕，不若以椎形刀刻白文，能得自然之天趣也。此为敝人之创论，不知当否？

敝人写字时，皆依西洋画图案之原则，竭力配置、调和全纸整体之形状，故朽人所写之字，应作一张图案画观之则可矣，决不用心揣摩。不唯写字，刻印也是相同的道理。无论写字、刻印，道理是相通的；而“字如其人”，某人所写之字或刻印，多能表现作者之性格（此乃自然流露，非是故意表示）。体现朽人之字者：平淡、恬静，中逸之致是也，诸君做参照可也。

篆刻印章起源甚早，据《后汉书·祭祀志》载：“自五帝始有书契，至于三王，俗化雕文，诈伪渐兴，始有印玺，以检奸萌。”可见，远在三千七百多年前的殷商时代，便有刻字艺术了。

到了周代，以青铜质为主的“周玺”大为兴起，形状各异，一般分为白文、朱文两种。至秦代，因文字由“籀书”渐演变成篆书，而印之形式亦趋广泛，故印文圆润苍劲，笔势挺拔。

至汉代，篆刻艺术颇为兴盛，所刻之印，史称“汉印”，其字体由小篆演变成“隶篆”。汉印的印制、印纽亦十分精美。西泠八家之一的奚冈曾有“印之宗汉也，如诗文宗唐，字文宗晋”之语，可视为综述。

唐宋之际，印章体制仍以篆书为主。直到明清两代，印人辈出，篆刻便以篆书为基础，而佐以雕刻之法，于印面中表现疏密、离合之形态，篆刻遂由雕镂铭刻转为治印之举。

而尤其是清朝一代，大家辈出，流派纷立，据周亮工的《印人传》记载，不下一百二十余人。其中，标新立异者有之，奉行古法者有之，风格及式样层出不穷，致令篆刻之艺蔚为大观。其成就可与汉代媲美，因得力于古物之出土渐多，故有参照、临摹之便，因吸取商周秦汉古印之力，乃有清代之杰出成就。

其中，以程邃、巴慰祖、丁敬、蒋仁、黄易、奚冈、陈豫钟、陈鸿寿、赵之琛、钱松（后八人，后世称为“西泠八家”，亦称“浙派”）最为有名；另有“邓派”代表人物邓石如、吴熙载、徐三庚等，均为篆刻高手。

以下，就其生平及篆刻作品略加讲述，以做借鉴之用。

（一）程邃

程邃，清代著名篆刻家、画家，字穆倩，号垢区，别号垢道人、江东布衣，安徽歙县人氏。其篆刻风格，于文、何、汪、朱之外，别树一帜，是后期皖派的代表人物，与巴慰祖、胡唐、汪肇龙合称“歙中四家”；善用冲刀，凝重淳厚，为“徽派”主要代表人物。

其刻印，精研汉法而能自见笔意，故时人多宗之。为人博雅好结纳，亦精于医。其篆刻取法秦汉，玺印，白文运刀如笔，凝重有力；朱文喜用大篆作印文，章法整齐，风格古拙浑朴，边款刻字不多，但凝练深厚，开清代篆刻中皖派先河。

程邃治印，初宗文、何，然时印学界多为文、何所拘，陈陈相因，久无生气。程邃能继朱简之后，力求变法，以古籀、钟鼎文入印，尤其是尽收秦汉朱文印之特点长处，出以离奇错落之手法别立门户，开创皖派新局面。周亮工《印人传》称：“黄山程穆倩邃以诗文书画奔走天下，偶然作印，乃力变文、何旧习，世翕然之。”

其印如“程邃之印”，章法严谨、风格古朴；又如“穆倩”一印，颇似古印，有秦汉之韵。综观其传世印作，可知其章法严谨，篆法苍润渊秀。以冲刀代笔，运刀取法汪关，而凝重则过之，能够充分表达笔意。

（二）巴慰祖

巴慰祖，字隽堂、晋堂，号予籍，又号子安、莲舫，歙县渔梁人。其家为经商世家，家庭中曾出巴廷梅、巴慰祖、巴树谷、巴树烜、巴光荣四代五位篆刻家；其中，巴慰祖从小就爱好刻印，自谓“慰糠秕小生，粗涉篆籀，读书之暇，铁笔时操，金石之癖，略同嗜痂”。

巴慰祖爱好颇多，且无所不学，故多才多能。他家中所藏法书、名画、金石文字、钟鼎铭文很多，故自小养成摹印练字之习。巴慰祖与程邃、胡唐、汪肇龙同列为“歙四家”，为光大徽派篆刻艺术贡献非小；与汪肇龙、胡唐二人相比，巴慰祖声誉最隆。

他临摹的天赋颇高，喜欢仿制古器物，并能如旧器相似，有精于鉴赏者亦不能辨伪的。其篆刻浸淫秦汉印章，旁及钟鼎款识，功力颇深。早期印作趋于雅妍细润、端整纯正，晚期印风则趋于浑朴、古拙。汪肇龙、巴慰祖、胡唐三人中，以巴慰祖声誉最隆，交游也广。

巴慰祖的外甥胡唐，在舅舅的影响和带动下，也酷爱篆刻。由于巴慰祖嗜好刻印，所以二子及孙子、外甥亦好印，以致不能安心经商，到了晚年而家道中落，后以作书、篆刻为生；晚年虽然并不富有，但并没有影响其追求篆刻之境界，后以篆印独特而声名流布。

其篆刻风格，简洁和谐，于平和中得见厚重，疏朗中不失平稳，如“下里巴人”“大书典簿”。

（三）丁敬

丁敬，清代杰出篆刻家。字敬身，号钝丁，别号龙泓山人，浙江钱塘（今浙江杭州）人。

丁敬出身于商贾之家，生平矢志向学，工诗文，善书法、绘画，尤究心于金石、碑版文字的探源考异。篆刻宗法秦汉，能得其神韵，能吸取秦汉以及前人刻印之长为己所用。他强调刀法的重要性，主张用刀要突出笔意。擅长以切刀法刻印，苍劲质朴，别树一帜，开创“浙派”，世称“浙派鼻祖”，为“西泠八大家”之首。

他酷爱篆刻，吸取秦、汉印篆和前人长处，又常探寻西湖群山、寺庙、塔幢、碑铭等石刻铭文，亲临摹拓，不惜重金购得铜石器铭和印谱珍本，精心研习，因此技法大进。兼工诗书画，诗文造句奇崛，尤擅长诗，与金农齐名。所辑《武林金石录》，为广搜博采西湖金石文字汇集而成，凡碑铭、题刻、摩崖、金石铭文等搜罗殆尽，有珍贵的艺术价值和历史价值；他还曾参与了汪启淑所辑《飞鸿堂印谱》的厘订和篆刻。

其印“炳文”，印风尚流于妍媚，无古朴之态；“上下钓鱼山人”一印也是这类风格；而“玉几翁”一印，线条朴实，刀法浑厚，初具“浙派”之姿；“两湖三竺万壑千岩”一印有脱尘之韵，可见其修养；“徐观海印”则显非凡气势，印文结构齐整，刀法节中并用，故另有一番风味。

（四）蒋仁

蒋仁，原名泰，字阶平，后来因得“蒋仁”古铜印，极为欣赏，遂改名为蒋仁，号山堂，别号吉罗居士、女床山民，浙江仁和（杭州）人。蒋仁家境贫寒，一生与妻女过着超然尘俗的简朴生活。书法师颜真卿、孙过庭、杨凝式诸家，擅长行楷书。

蒋仁非常佩服丁敬，师其法，并能以拙朴见长，并有所创新。其作品于苍劲中甚得古意，另具天趣。所刻行书边款，得颜体书法之神，苍浑自然，别有韵致。其一生性情耿直，不轻易为人执刀落笔，故流传的作品不多。他的篆刻曾被彭超升进士评为“当代第一”，蒋仁的《吉罗居士印谱》中只收录了二十六方印。

他对篆刻有较深之体悟，曾总结云：“文可与画竹，胸有成竹，浓淡疏密，随手写去，自尔成局，其神理自足也。作印亦然，一印到手，意兴俱至，下笔立就，神韵皆妙，可入高人之目，方为能手。不然，直俗工耳。”其常见之印，有“丁敬身印”“无地不乐”“蒋山堂印”等。

（五）黄易

黄易，号小松，钱塘人。出身于金石世家，父亲黄树谷，工隶书，博通金石，故自幼承习家学，后因家贫故游历在外，后官至山东济宁府同知。

黄易能作诗着文，尤精于作词，而以金石书画名传于世。一生酷爱金石，在济宁府任间，广泛搜罗、保护碑刻，把所收金石碑铭三千多种，后汇考辑录成《小蓬莱阁金石文字》一书，其中一半左右为前人所未见；此外，还收藏有历代古印、钱币、刀、鼎、炉、镜等数百种，并一一作了考释。其金石收藏品之多，甲于当时，故各方酷爱古玩金石的人都请黄易示其所收文物，被人称为“文艺金石巨家”，有《小蓬莱阁金石文字》《小蓬莱阁诗集》《秋景庵印谱》等著述行世。

他还善书，工隶，其书风格沉着有致，精于博古，在古隶法中掺杂以钟鼎铭文，更现古朴雅厚。其篆刻作品，风格醇厚儒雅，为继承秦汉之优良传统。又精研六书摹印，为丁敬之高足，有“青出于蓝而胜于蓝”之誉，与丁敬并称“丁黄”。后人何元锡曾将二人印稿合辑成《丁黄印谱》。

其篆刻师法丁敬，兼及宋元诸家，并有所创新，其工风稳生动，时人对他评价颇高。他的“一笑百虑忘”印，章法平中有奇，为成熟之白文印，刀法相继丁敬之风；而“乔木世臣”为朱文印，字体结构严谨，形态饱满，刀法胆大而手法精细，线条雄劲，故整方印显得十分大度。

（六）奚冈

奚冈，初名钢，字铁生，一字纯章，号箩龛，别署渚生、蒙泉外史、蒙道士、奚道士、野蝶子、散木居士，钱塘人。

他还工书法，九岁即能隶书，后楷、行、草、篆、隶，无一不精，亦以绘画名于当时。其篆刻，宗法秦汉，为“浙派”名家。

“蒙泉外史”为白文印，寓拙于巧，为取汉印平正、浑朴之法，用切刀所刻，章法分布以字画多少而定大小，但整体浑若天成。

“龙尾山房”一印为奚冈朱文印的代表作，此印笔画多用弧线，弯曲成形，与常见的直线朱文印不同，故能独树一帜。印文用虚实相生的手法作似断非断之状，且边栏亦是虚实相间，显得内部饱满，外部相应，为其炉火纯青之作品。

（七）陈豫钟

陈豫钟，字浚仪，号秋堂，浙江杭州人，清代书法篆刻家，“西泠八家”之一。他喜好收藏金石文字，又精于墨拓，收集拓本数百种，为其学习、创作之基石。

工篆刻，早年师法文彭、何震，后学丁敬，作品工整秀致，边款尤为秀丽。精于小篆籀文，兼及秦汉印章。阮元任浙江督学时铸的文庙大钟和铭文，便是陈豫钟模仿古文勾勒的，端整壮丽，极受赞赏。他爱好收集金石文字，积卷数百，见到名画佳砚，不惜重金收购，尤其爱好古铜印。并能书画，他的书法得李阳冰法，遒劲挺拔、苍雅圆劲，为时人所喜爱。曾辑录《古今画人传》《求是斋集》等著作行世。

魏碑体四言诗圆光扇面

释文：时理旧策，昏然若蒙。少之所业，悦口厌心。及此追寻，了无可得。

自画像

油画静物 1

油画静物 2

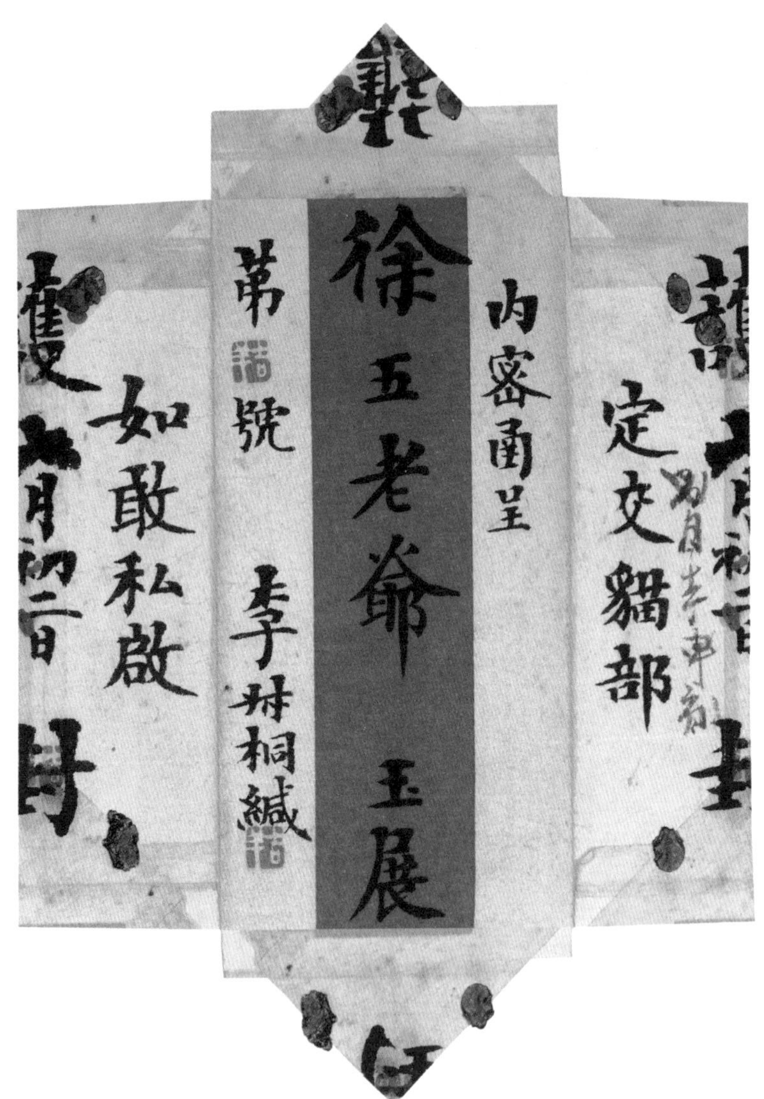

给徐耀廷写的书信信封

不奉

清谈睽违数月，望风怀想，能不依依。遥维

耀廷我仁哥大人旅祉宏集，

紫业维新，定如鄙祝。敬启者：昨随津归信寄上信

一函，内有笺龙所二张，当章笔一张，并有钱业行路函，

请必早登。

并阅弟人谨将近日新闻列于左，详登

玉晚兄

信纸

視人之惡猶己之惡視己之惡猶人
之惡猛省力除無令愧怍法界衆生
三毒除彼我同歸無上覺

丁丑四月
沙門一音

书法轴

释文：视人之恶犹己之恶，视己之恶犹人之恶，猛省力除，无令愧怍，法界众生三毒除，彼我同归无上觉。

唐貞元译大方廣佛華嚴經普賢行願品偈頌句

已離諸惡道已出諸難處

當為世依救當作世光明

歲在鷄首三月晉水沙门勝髻集并書时年五十二

对联

释文：已离诸恶道，已出诸难处；当为世依救，当作世光明。

楷书大字联

释文：青史竹如意，红颜金叵罗。

青史似如意
剑人句
耀庭老哥大方家正

卫生金镜四条屏

释文：宠辱不惊，肝木自宁；动静以敬，心火自定；饮食有节，脾土不泄；调息寡言，肺金自全；怡神寡欲，肾水自足。此卫生金镜也。

寵辱不驚肝木自寧動靜以敬

心火自定飲食有節脾土不泄

行书屏

释文：是以乡人为之谚曰：『重亲致欢曹景完。』易世载德，不陨及其名。

是以鄉人為之諺曰
重親致歡曹景完易

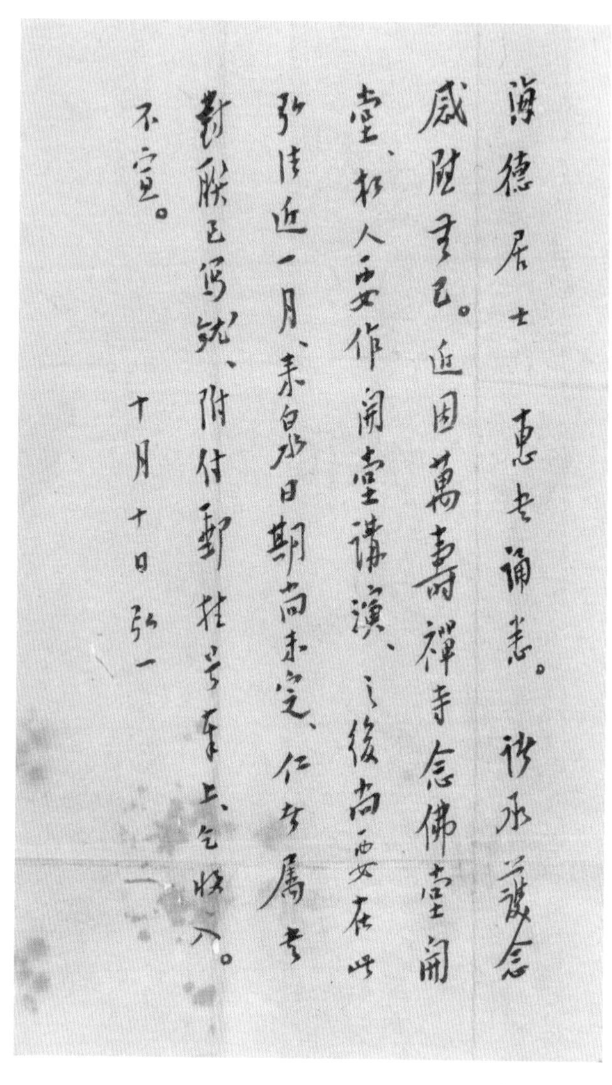
海德居士 惠書誦悉。諸承護念
感慰無已。近因萬壽禪寺念佛堂開
堂、朽人要作開堂講演、之後尚要在此
弘法近一月、來泉日期尚未定、仁者屬書
對聯已寫就、附付郵挂號奉上、乞收入。
不宣。
十月十日 弘一

致海德尺牍

释文：海德居士，惠书诵悉。诸承护念，感慰无已。近因万寿禅寺念佛堂开堂，朽人要作开堂讲演，之后尚要在此弘法近一月，来泉日期尚未定，仁者属书对联已写就，附付邮挂号奉上，乞收入。不宣。

录释志芝《山居》

释文：千峰顶上一茅屋，老僧半间云半间。昨夜云随风雨去，到头不似老僧闲。

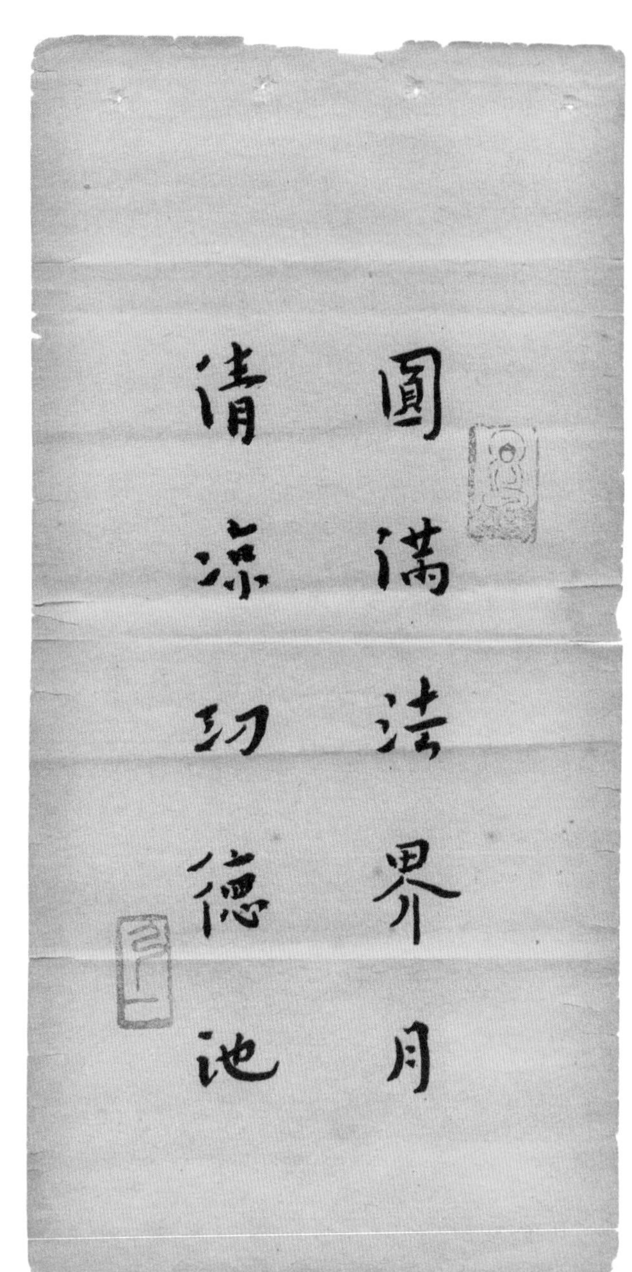

法帖

释文：圆满法界月，清凉功德池。

他刻的“竹影庵”一印为朱文印，印文似汉代篆文，章法布局奇妙，因“竹”字笔画较少，故他将左下角边栏凿断，与右上角对应相呼，使布局平衡。

“振衣千仞”一印为白文印，线条刀迹显然，结字趋方，但各异其趣，风格秀丽文静，工稳而不失流动，为陈氏代表作。

（八）陈鸿寿

陈鸿寿，清代著名书法篆刻家，“西泠八家”之一。字子恭，号曼生，别号种榆道人，浙江钱塘（今杭州）人。

在篆刻上，他继承了丁敬、蒋仁、黄易、奚冈等人的风格。其篆书略带草书意味，喜用切刀，运刀犹如雷霆万钧，给人以苍茫浑厚、爽利奔放之感，使“浙派”面貌为之一新。他的风格对后世影响较深，与陈豫钟齐名，世称“二陈”。

他还善书，隶书奇绝，自成一体；行书亦清雅不俗。蒋宝龄在《墨林今话》中评他为：“曼生酷嗜摩崖碑版，行楷古雅有法度，篆刻得之款识为多，精严古宕，人莫能及。”除此，陈鸿寿擅长竹刻，山水、花卉、兰竹，博学能诗，还善制作和识别茶具，公余之际常识别砂质，创作新样，自制铭句镌刻器上，曾风行一时，人称“曼生壶”。著有《桑连理馆诗集》《种榆仙馆印谱》等行世。

他所刻的“琴书诗画巢”一印，线条浑厚、苍劲，切刀痕迹显见，为浙派典型的朱文印风格；此印看似信手拈来，实则有法可循。而“南芗书画”一印，篆书笔法平稳，虽是仿汉印之作，但刀法从浙派中来，有稳如泰山之感，虽边栏破损任之，但全印却反呈苍劲浑朴之气势，这非得要有娴熟之刀法和深厚之功力不可，于此可见他的成就。

（九）赵之琛

赵之琛，清代著名的篆刻家，字次闲，号献父，钱塘（今浙江杭州）人。一生布衣，多才多艺，工诗文、书画，精通金石文字，尤其工篆刻，为“西泠八家”之一。

他的篆刻，初得陈豫钟传授，兼师黄易、奚冈、陈鸿寿。早年篆刻章法长方，善用冲刀，笔画如锯齿；后用切玉法，笔画纤细方折；边款以行楷书为之，笔画生辣细劲；晚年刀法和章法已无太大变化，多承师法。

他生性嗜古，长于金石文字，阮元所著《积古斋钟鼎彝器款识》中的古器文字，多半出自他的手摹。他的印文结构不但秀美，且善于应变，用刀爽朗挺拔，楷书印款秀劲涩辣；其印作，曾得过陈鸿寿的推崇与赞许。印谱有《补罗迦室印谱》，著有《补罗迦室印集》行世。

他所刻印以切玉法驱刀最为有名，如“长乐无极老复丁”“三碑乡里旧人家”二印即是仿汉切玉法，章法自然、清秀瘦劲，可见其所长。

（十）钱松

钱松，清代书法、篆刻家，初名松如，字叔盖，号耐青，浙江杭州人。擅作山水、花卉；工书，他的隶书、行书功力深厚，为时所重。

篆刻则得力于汉印，据称他曾手摹汉印二千方，赵之琛见后惊叹道："此丁、黄后一人，前明文、何诸家不及也。"

他的一生见闻广博，故于章法显出与众不同，并时出新意；刀法在总结前人经验之上，自创出一种切中带削的新刀法，立体感强，富于韵味。之后，严荄将他与胡震的作品合编为《钱胡印谱》，亦有人将他个人作品汇辑成册，取名《铁庐印谱》。

他的刀法继承浙派风格，章法则取汉印结构，如"陈老莲""胡鼻山人宋绍圣后十二丁丑生"二印，一白一朱皆是，可见其学浙派之造诣功深。他用刀多是碎刀细切浅刻，温朴中而显浑厚，颇得汉印之意蕴，时人评誉甚高。赵之谦曾说："汉铜印妙处，不在斑驳，而在浑厚；学浑厚则全恃腕力，石性脆，刀所到处应手辄落，愈拙愈古，看似平平无奇，而殊不易貌。此事与予同志者，杭州钱叔盖一人而已。"

（十一）邓石如

邓石如，清代著名书法家、篆刻家，名琰，字石如，又名顽伯，号完白山人，又号完白、古浣子、笈游道人、风水渔长、龙山樵长等，安徽怀宁人。

因家庭贫困，邓石如曾以砍柴卖饼维持生计，暇时随父亲学习书法和篆刻，甚工。后游寿州，入梅缪府中为客。梅氏家中有很多金石文字，因得以观赏历代吉金石刻，每日晨起即研墨，至夜墨尽乃就寝，历时八年，艺乃大成，四体书功力极深，曹文植称之为"我（清）朝第一"。

他的篆刻得力于书法，篆法以"二李"（李斯、李冰阳）为宗，而纵横捭阖之妙则得力于史籀，间以隶意，故其印线条浑厚天成，体势奔放飘逸。朱文印取宋元章汉，白文印则以汉印为主，印风茂密多姿，章法疏密相应，刀路平实缓和。邓石如还开创了“以汉碑入汉印”的先例，弟子吴让之誉为“独有千古”。赵之谦对邓石如也是极为推崇，称邓石如“字画疏处可走马，密处不可通风，即印林无等等咒”。

“江流有声，断岸千尺”一印是其代表作品，章法奇妙，文印俱佳，结构和谐，为邓氏难得一见之精品。“笔歌墨舞”“意与古会”二印，笔意流畅，线条婉约，亦颇具正气。

其篆刻，刀法苍劲浑朴，婀娜多姿，冲破时人只取法秦汉铄印之局限，世称“邓派”，亦又称“皖派”者。风格所及，影响了包世臣、吴让之、赵之谦、吴咨、胡澍、徐三庚等人，是杰出之篆刻家。他的原石流传极少，存世有《完白山人篆刻偶成》《完白山人印谱》《邓石如印存》等。

（十二）吴熙载

吴熙载，清代著名书画家、篆刻家，原名廷扬，字让之，亦作攘之，别号还有让翁、晚学生、晚学居士、言甫、言庵、方竹丈人等，江苏仪征人。

他自小博学多能，善作四体书，恪守师法，尤精篆、隶，功力深厚，温婉圆润，收放有度。擅长金石考证，精通文字学。师事邓石如的学生包世臣，算是邓石如的再传弟子。

他的篆刻师法邓石如，以汉篆治印。对邓石如的篆刻，吴让之更在继承之上有所创造，故章法上更趋稳健、精炼，刀法更加圆转、流畅，从而将邓石如“以笔意见胜”的风格推向高峰。

他的刀法运转自然，坚挺得势，较能表达笔意，晚年作品更入化境，对当代中、日印坛影响较大。著有《通鉴地理今释》《师慎轩印谱》《晋铜鼓斋印存》《吴熙载篆刻》等。晚清印人如徐三庚、赵之谦、吴昌硕等也都比较重视他的作品。

“足吾所好玩而老焉”一印，得邓石如章法之精髓，布局疏密天成，文字方圆互参，笔画舒展，虚实相生。

“砚山鉴藏石墨”一印也是吴熙载朱文印的代表作品。此印貌似无奇，排得均匀整齐，印文能显舒展开张之势，这得力他的秀挺书法。

“攘之手摹汉魏六朝”一印，印文排列自然，书体浑朴，繁简平衡，笔画转折自然得力于刻刀之轻灵，为以刀当笔之作品。

“吴熙载字攘之”印分三行，细线界隔，刀法畅达，线条圆劲且又浑穆，是创造性学习汉印的典范制作。

（十三）徐三庚

徐三庚，清代著名书法、篆刻家，字辛谷，号袖海，浙江上虞人。

此人兼通书法、篆刻、竹刻，并精古，多才多艺。他的篆刻，早年曾追模元明印风，后攻汉印，并学邓石如、吴让之等人；对陈鸿寿、赵之琛等人风格深有研究；四十岁后参以汉篆、汉印结体及《天发神谶碑》意趣神采，颇见功力，风格飘逸、疏密有致，后自成一家，其印风有“吴带当风”之誉。

他的“徐三庚印”“上于父”及“图鉴斋”等印，笔画圆润，字体浑朴，颇有汉印遗风。他运刀熟练，不加修饰，其行楷边款，刀法劲猛，自然得势，不失名家风范。

（十四）清代印谱

明代之时，印谱汇集已然成风，印学理论亦是发达，尤其是顾从德所汇集之《印薮》（谱原拓本名为《集古印谱》），对明清印学流派之兴起，贡献颇大。

明代晚期，有张灏辑录当时印人篆刻之印计二千余方，谱成名为《学山堂印谱》，录作者五十余人；到清康熙年间，有周亮工辑藏印一千五百余方，汇集成谱，名为《赖古堂印谱》，计百二十余人，此二谱对后世影响亦大。

另有丁敬的《武林金石录》、汪启淑的《飞鸿堂印谱》、蒋仁的《吉罗居士印谱》、黄易的《秋景庵印谱》、何元锡的《丁黄印谱》、陈豫钟的《求是斋印集》、陈鸿寿的《种榆仙馆印谱》以及邓石如的《完白山人印谱》等印谱，对后世影响亦非小，尤其是各大流派之印人必看之印谱。

清代之篆刻风行，除汇集印谱外，为印人立传亦是清朝所创之举，著名者有清代周亮工的《赖古堂别集·印人传》（三卷，亦名《印人传》）、清代汪启淑的《飞鸿堂印人传》（八卷，亦名《续印人传》）、黄易的《小蓬莱阁金石文字》、冯承辉的《历朝印识》和《国朝印识》等，为印人了解篆刻提供诸多方便，以功不少。

石膏模型用法

第一章：石膏模型为学图画者最良之范本

自来图画专门之练习，每取古代制作品及其复制品为范本。但近来于普通教育图画之练习，亦采用此法。其范本以用石膏制之模型为主。

普通教育设图画科，不仅练习手法，当以练习目力为主。此说为今日一般教育家所公认。因眼所见之物体，须知觉其正确之形状。此种知觉之能力，为一般人所不可缺。但依旧式临画之方法以养成此种之能力，至为困难。于是近年以来，欧美各国之普通教育，以实物写生为图画之正课，即用兼习临画者，亦加以种种限制。因临画之教式，教以一定之描写法，利用小巧之手技似甚简便；然能减杀初学者之独创力，生依赖定式之恶习惯，且于目力之练习毫无裨益。教学图画者，当确信实物写生为第一良善之方法。

实物写生，取日常所用简单之器具为范本，固属有益。但初学者练习图线，以单纯之直线曲线构成之物体为宜。又练习阴影，以纯白之物体为宜。石膏模型，仿实物之形状，以美妙之直线与曲线构成，其色纯白，阴影处无色彩错乱之虞。阴阳浓淡之程度，容易判别。故学图画者，当确信石膏模型为实物写生用第一完全之范本。

石膏模型分二种：

一、摹仿古今雕塑之名品杰作之复制品

二、作者摹仿实物之创作品

写生练习用，以第一种为宜。因以艺术上之名作为范本，自能悟解线形及骨相纯正之状态，且可以养成审美之智识。

第二章：收藏法

石膏模型，质甚脆弱，最易破坏，且图画用之模型，以纯白为适用。故须注意收藏，不可使受尘埃及油烟。其他污点斑纹亦不可有。

石膏模型当贮藏于标本室，不可陈列于图画讲堂。因生徒常见此种标本，日久将毫无新奇之感情，故须另设收藏室，临画时再搬入讲堂。

第三章：教室之选定及室内之设备

写生用教室须高广，向北一面开玻璃窗。如以寻常教室充用，当由一面取光线。倘由二面或三面光线混入，模型之阴影将紊乱，初学者甚困难。

室内之设备，当依其室内之形状酌定，无一定之程式，模型或近壁或在室之中央。如近壁时，壁面以浓色为宜，否则亦可挂布幕以为模型之背影，俾生徒观察物形之外线能十分明了。模型台之高低，当与多数生徒之视线在同一之平位为适当（生徒座位前列低、后列高，最后列者每直立，故视线之高低不能统一）。

第四章：图画之材料

普通学校图画用纸，虽无一定之限制，但须择其纸质强固，纸面不甚光滑者为宜。描写之材料，有铅笔、木炭及黑粉笔等。但其中以木炭为最适用。故西洋各普通学校皆专用木炭。日本之普通学校，从前专用铅笔，近亦兼用木炭。

水彩画法说略

西洋画凡十数种，与吾国旧画法稍近者，唯水彩画。爰编纂其画法大略，凡十章。以浅近切实为的，或可为吾国自修者之一助焉。

第一章：水彩画材料

第一节　绘具箱

绘具箱即颜料盒，铁叶制，外涂黑色，内涂白色，中以铁叶分划隔开，贮各种绘具（即颜料）。

绘具有两类。（甲）干制之绘具，与吾国之颜料相似，久藏不变色。惟用时须以笔搅之，易与他色相掺杂不能十分纯洁。然价值较廉，日本中小学校多用之。（乙）炼制之绘具，以溶解之颜料入铅管贮之，用时挤出少许，用毕所余之残色，弃去不再用。故其色清洁纯粹，无污染之虞。今日本水彩画家皆用之。

水彩绘具共有七十余种，必备者约十六色，其名如下：

	法名	英名
一	Blane de Chine	Chinese white
二	Jaune de Citron	Lemon yellow
三	Cadmium Clair	Cadmium yellow pale
四	Cadmium fonce	Cadmium yellow deep
五	Ochre jaune	Yellow ochre
六	Vermillon	Vermilion
七	Grance fonce	Rose madder
八	Grance rose dore	Pink madder
九	Ronze de pouzzolle	Light red
十	Violet de mars	Mars violet
十一	Vert emeraude	Veronese green
十二	Vert Vegetal	Hookers green
十三	Indigo	Indigo
十四	Bleu de Prusse	Prussian blue
十五	Bleu de Cobalt	Cobalt blue
十六	Bleu dontremer	French ultra marine

今更说明其颜色并用法如下。

（一）Chinese white（以上皆单举英名），其质细而纯白，即吾国之铅粉。水彩画家常用之，与他色混合，不损他色。大抵光线极强之部分，与远景之空气，用之最为合宜。

（二）Lemon yellow，淡黄色，混红色能得肉色。空之部分，又草叶树叶之柔和调子，常用之。

按：调子者，色彩调和之谓，与音乐家所用之名词“调子”，文章家所用之名词“格调”，同一意义。

（三）（四）Cadmium yellow pale and deep，亦黄色，混红色或青色，能得华丽之色彩。（三）较淡，（四）较深。

（五）Yellow ochre，不透明之柔黄色，与Ultramarine混和，得绿色。

（六）Vermilion，不透明之朱色，混黄色用于明之部分。混Cobalt 与 Ultra marine之蓝色，用于暗之部分。

（七）Rose madder，玫瑰红色，无论明部或暗部皆可用之。与Lemon yellow或Cadmium yellow混合得肤色。

（八）Pink madder，亦美丽之淡红色，绘人体或花卉必用之具。

（九）Light red，灰红色，与吾国所用之赭石相似，其用甚广，与Ultramarine混合，得灰色。

（十）Mars violet，半透明之肉色，与他色混，能得美丽之色。

（十一）Veronese green，美丽之绿色，绘人体或树木山野。不论明暗部分，皆可用之。

（十二）Hookers green，亦绿色，较前稍深，其用甚广。

（十三）Indigo，不透明之暗蓝色，与黄色混，得绿色。

（十四）Prussian blue，透明强蓝色，混黄色，得美绿色；又画天空与水面，得清澈之趣。

（十五）Cobalt blue，半透明之美蓝色，不论明部暗部，皆可用之。混朱或红，得紫色，少加黄色，得温灰色。又画天空或水面，常用之。

（十六）French ultra marine，半透明之青色，阴影部分多用之。混黄色，得种种之绿色。

以上所言，特其大略。至配合之方法，皆在自己实地试验，神而明之，存乎其人。故不赘述。

其绘具箱之价值，最廉者一角八分，笔二支，干制颜色十色附（日本制），然粗劣不适用。最昂者十圆左右（英制或法制），炼制颜色十余色附。

第二节　笔

毛笔。以貂毛为最良，此种笔专为水彩画制，大小有十数种。择购三四种已可敷用。其价值不甚昂，日本制者尤廉。

海绵笔。洗画上之颜色用，大小有数种。

铅笔。画草稿用。H 者，硬之记号，B 者，柔之记号。若记号递加者，其硬柔之度亦递加。学者择与自己顺手者用之，不必拘泥。

第三节　纸

第一种，ow 纸。此种纸为英国水彩画协会之特制，在日本购。每张四角。

第二种，whatman 纸（译为“画用纸”）。此种用者最多，其价亦稍廉。

此外各种纸，皆不适用。不赘述。

第四节　画板

有大小数种，或自制亦佳。惟木料须坚而平，俾不致有凸起之虞。

未画之前，将画纸裁好，铺画板上，用净水拂拭数次。迨纸质湿透，用纸条抹糨糊，贴其四周，待干后再著色彩。

第二章：水彩画之临本

欧美新教授法，初学绘画，即由写生入手，不用临本。然吾国人智识幼稚，以不谙画法者，强其写生，如堕五里雾中，有无从着手之势。况水彩著色，最为复杂。倘不先用临本，知其颜料配合之大概，即从事写生，亦有朱墨颠倒之虞。故初学水彩画，当先用临本。迨稍谙门径，然后从事写生，较为便利。

日本水彩画临本，无佳者。以余所见，英国伦敦出版水彩画帖数种尚适用。胪列其名如下：

Vere Foster's water colour books.

（1）Landscape Painting for Beginners First Stage.（山水）

（2）Landscape Painting for Beginners Second Stage.（山水）

（3）Animal Painting for Beginners.（动物）

（4）Flower Painting for Beginners.（花卉）

（5）Simple Lessons in Flower Painting.（花卉）

（6）Simple Lessons in Marine Painting.（海景）

（7）Simple Lessons in Landscape Painting.（山水）

（8）Studies of Trees.（树木）

（9）Advanced Studies in Flower Painting.（花卉）

（10）Advanced Studies in Marine Painting.（海景）

以上一至七，皆浅近者；八至十皆稍深者。以上各种，日本东京丸善株式会社有售者。每册价值约在一元以外。

每册有画十数幅。每画一幅，有说明论一篇。虽英文，然甚浅近。不通英文者，不妨略之。

西洋音乐杂谈

西洋乐器[①]

西洋乐器之分类有种种之方法，兹依最普通之分类法，分为弦乐器、管乐器、击乐器及金制乐器四种。

一、弦乐器

弦乐器分为二种，一为用弓之弦乐器，一为弹拨之弦乐器。兹分述之于下：

（一）用弓弦乐器

小四弦提琴（Violin）于弦乐器中属于最高音部。其音色幽艳明畅，富于表情，强弱自由，能现音度之微细，为合奏之乐器，又可独奏，常占乐器之王位。其起源言人人殊，然由亚东传来，殆无疑义。然古时之制粗略不适用。至 17 世纪之末叶，制法始完备如今日之形状。小四弦提琴其调弦之法，若四弦合之，音域可达于三

① 本文发表时署名“息霜”。原文所附乐器示意图从略。

个八音半。其奏法以马尾张弓，摩擦弦上。

中四弦提琴（Viola alto）较小四弦提琴之形稍大，其制法无稍异，但其音各低五度。四弦合奏时常属于中音部，音色稍有幽郁沉痛之感。独奏时有一种男性的热情。

大四弦提琴（Cello）其形与前同，但甚大，奏时当正坐，以两腿夹其下体。四弦合奏时属于低音部，独奏时亦有特别之趣味。

最大四弦提琴（Double Bass）其形较前犹大，高过人顶。合奏时属于最低音部，奏时宜直立，形状太大，故其技巧不如前三者，不能独奏。

以上四种乐器，为弦乐中之主要，其音域至广。

（二）弹拨弦乐器

竖琴（Harp），普通者有 46 弦，由踏板可以变易调子。管弦合奏时，用圆底提琴（Mandolin）。腹面为扁平之半球形，有四弦，调弦法与小四弦提琴同。

六弦提琴（Guitar）形较小四弦提琴稍肥，有六弦。

长提琴（Banjo）腹圆颈长，形较前者稍大，有四弦。

以上三种乐器，管弦合奏时，不加入。

二、管乐器

管乐器分木制管乐器及金制管乐器两种。木制者，其音色有柔婉温雅之特色，金制者，有豪宕流畅之表情。用时虽不如弦乐能传达乐曲之精微，然其音色丰富洪大，为其特色。兹分述如下：

（一）木制管乐器

横笛（Flute）于管弦合奏时，常与小四弦提琴共占最高音部之位置。又横笛中又有小横笛（Piccolo）一种，其音更高。横笛之音量不大，然清澄明快，于管乐中罕见其匹。

竖笛（Oboe）与横笛同属于最高音部。又在同类之中，竖笛（English horn）属于中音部。次中竖笛（Bassom）属于次中音部。大竖笛（Fagotto）属于低音部，皆有口簧，依其振动发音。其音色皆带忧郁之气，有引人之魔力。

单簧竖笛（Clarinet）与竖笛相似，但口簧仅有一个；又口形之构造亦稍异。此种乐器，可依调之如何而更变。其乐器共有A调、B调、C调三种，表情丰富，强弱自由，又有低音单簧竖笛（Bass Clarinet），其音较低。

（二）金制管乐器

高音部喇叭（Trumpet），其音勇壮活泼，但易流于粗野。小高音部喇叭（Cornet）与前者相似，其音色稍柔。细管喇叭（Trombone）有中音、次中音、低音三种，音色壮大豪宕，能奏强音，为管乐中第一。

猎角式喇叭（Horn）又名French horn，为管乐器中最富于表情者。音色有优美可怜之致。

新式喇叭为近世改良者，有最高音、高音、中音、次中音、低音、最低音六种。然管弦合奏时，用者甚稀。至近时用者仅有低音一种。

乐圣贝多芬传

贝多芬，德国人，一七七〇年十二月六日生于莱茵河上游巴府。

幼颖悟，年十三，任巴府乐职，旋去职，专事著述。一七九二年，距莫扎特（Mozart，西洋乐圣）死仅逾稔。比来多恼，自是终身不他往。

贝多芬性深沉，寡言笑，居恒郁郁，不喜与俗人接，视莫氏滑稽之趣（莫扎特性活泼，喜诙谐），殆不相捋。然天性诚笃，思想精邃。每有著作，辄审订数四兢兢，以遗误是懔。旧著之书，时加厘纂脱，有错误必力诋之。其不掩己短，有如此。终身不娶。中年病聋，迄一七八〇年，聋益剧，耳不能审音律。晚岁养女侄于家，有丑行，以是抑郁愈甚，劳以致疾，忧能伤人。一八二七年，死于多恼，春秋五十有六。

贝多芬生时性不喜创作。刊行之稿，泰半规模前哲。稍事损益，然心力真挚、结构完美，人以是喜之。贝多芬之著述，与时代比例之如下：

第一期迄千八百年，著述自一至二十。

第二期迄千八百十五年，著述自二十一至百。

第三期所谓“末叶之贝多芬”，著述自百一至百三十五。

著述中首推洋琴曲，“朔拿大”及换手曲，殆称绝技。又“西麻福尼”曲，凡九阕，为世传诵。其他合奏曲司伴乐及室内乐尤火，不缕举。

昨非录——如何学唱歌

此余忏悔作也。吾国乐界方黑暗，与余同病者，当犹有人。拉杂录入，愿商榷焉。

宁可生，不可滑。生可以练，滑最难医。

初学唱歌者，以琴和之，殆发音既准，则琴可用可不用也。

唱歌发音宜平，忌倾斜。

我国近出唱歌集，皆不注意强弱缓急等记号。而教员复因陋就简，“信口开河”，致使原曲所有之精神趣味皆失。

风琴踏板与增声器，皆与强弱有关系，最宜注意。

十年前日本之唱歌集，或有用1、2、3、4之简谱者。今则自幼稚园唱歌起皆用五线音谱。吾国近出之唱歌集与各学校音乐教授，大半用简谱，似未合宜。学唱歌者，音阶半通即高唱“男儿第一志气高”之歌。学风琴者，手法未谙即手挥“5566553”之曲。此为吾乐界最恶劣之事。余昔年初学音乐即受此病。且余所见同人中不受此病者殆鲜。按唱歌者，当先练习音阶与音程。学琴者，当先学练习之教课本（初学风琴者，大半用风琴教课本），此乐界之通例，必不可外者也。（今日本音乐学校唱歌科，以唱曲为主，一年之中，所唱之歌不过数首。）

弹琴手势亦最要，风琴教课本有图，甚明了，愿留意焉。

吾国学琴者，大半皆娱乐的思想，无音乐的思想，此固无可讳言者也。故每日练习无定时，或偶一为之，聊以解闷，如是者，实居多数。吾闻美国人学琴者，每周仅到学校授课一时间，其余皆在家练习，每日至十时间之久，吾国人闻之，当有若何之感触?

去年，余从友人之请，编《国学唱歌集》。迄今思之，实为第一疚心之事，前已函嘱友人，毋再发售，并毁版以谢吾过。

近世欧洲文学之概观[1]

中世古典派文学（Classic）瑰伟卓绝，磅礴大气，及18世纪初期，其势力犹不少衰。操觚簪笔家佥据是为典则。其后承法兰西革命影响，而烈热真挚之诗风，乃发展为文艺界一大新思潮，即传奇派（Romantic）是。迨至19世纪，基于自己之进步，现实观之发达，乃更尚精致之描写，及确实之诗材，而写实主义与自然主义遂现于19世纪后半期。及夫末叶，反动力之新理想派，乃萌芽于欧洲。

以上其概略。更分述之如下：

第一章：英吉利[2]文学

当18世纪之末叶，冷索单调之诗文，浸即衰废。研究占诗民谣者日益众，故其文学富于清新之趣。至一七九八年威廉·华

① 本文原有多章，作者于1913年春写于杭州浙江一师，曾刊于该校校刊《白阳》，因《白阳》只出了一期创刊号，所以仅刊出第一章《英吉利文学》，其余散失。

② 英国中世纪时期国家和民族的统称。

兹华斯（W. Wordsworth，1770—1850）与柯勒律治（S. T. Coleridge，1772—1834）合著之《抒情诗集》（*Lyrical Bollades*）乃现于世。两氏倡诗文之革新，为真挚文学之先驱，世称为近世诗学之祖，又谓一七九八年为英吉利文学诞生之年。威廉·华兹华斯之作品不炫奇异，然清新高远、热情奔放为其特长。柯勒律治学问深邃，思想幽渺，且具锐利之批评眼，其作品以格调之真挚，押韵之自由为世所叹赏，门人友戚受彼之感化者甚众。

其后沃尔特·司各特（Walter Scott，1771—1832）与乔治·戈登·拜伦（George Gordon Byron，1788—1824）两大家出。司各特为戏曲天才，其文雄健，其诗丰丽，历史小说之祖。拜伦之诗，久传诵于世界大陆，近世文学颇受其感化。拜伦贫困又苦于家室之累，因于一八二四年去故国，投希腊独立军，遂死其地。

珀西·比希·雪莱（Percy Bysshe Shelley，1792—1822）亦因教权之压抑，避居南欧，为薄命理想之诗人。其作品幽婉高妙，且示神秘之倾向。

承大革命影响之诗风，止于雪莱。其时又有以卓绝之才识开辟一新诗风者，即约翰·济慈（John Keats，1795—1821）。他所著之诗，凡古典之精神及绚烂之色彩，两者兼备。故外形内容皆纯洁完美，无毫发憾。

阿尔弗雷德·丁尼生（Alfied Tennyson，1809—1892），世称为19世纪集大成之诗家。其名著《公主》（*The Princess*）（1847年出版）与《悼念》（*In Memoriam*）（1850年出版）和《国王的叙事诗》（*Idylls of the King*）（1859年出版）为世所传诵。

罗伯特·勃朗宁（Robert Browning，1812—1889）与丁尼生（Tennyson）齐名，以笔力之怪郁，涉想之高峻称于世。

此外但丁·加百利·罗塞蒂（Dante Gabriel Rossetti，1828—1882）及威廉·莫里斯（William morris，1834—1896）共于绘画界受前拉斐尔派（Pre Raphaelitism）之感化。其抒情诗篇，写中古之趣味及敬虔之信念。

阿尔加侬·查尔斯·斯温伯恩（Algernan Charles Swinbume，1837—1909），亦属此派，学问深邃，以诗歌之形式美，卓绝于现代之文坛。

本世纪之小说界，司各特颇负盛名，至维多利亚时代，查尔斯·狄更斯（Charles Dickens，1812—1870）及威廉·梅克比斯·萨克雷（William Makepeace Thackeray，1811—1863）两大家出，前者善描写市街之光景及下民之状态；后者善以轻妙之语调描写上流绅士社会之表里，共于小说界放一异彩。

乔治·艾略特（George Eliot，1816—1880）及查尔斯·金斯利（Charles Kingsley，1819—1875）亦以思想之高远与语调之雄浑名于时。至最近史蒂文森以劲健洒脱之文体，作美文小说。梅瑞狄斯（Meredith，1828—1909）以高远之思想，精微之观察，雄飞于现代文坛。其他查尔斯·兰姆（Charles Lamb，1775—1834）和托马斯·德·昆西（Thomas De Quincey，1785—1859），共以独特之散文、随笔负盛名。

至本世纪之中叶，英吉利批评大家有卡莱尔（Carlyle）及麦考利（Macaulay），其后拉斯金（Ruskin）、阿诺德（Arnold）、佩特（Pater）、西蒙斯（Symonds）等相继兴起，为评论界放灿烂之光彩。

卡莱尔（Carlyle，1791—1881），思想雄浑，笔力遒劲，著有《英雄崇拜论》（*Hemworship*）传诵一时。彼始于文艺批评，其后渐进于社会批评、文明批评之方面。

麦考利（Macaulay，1800—1859），其前半生为政界之伟人，作印度帝国之基础；后半生为批评家，执评坛之牛耳。其大作《英吉利史》为不朽之名著。

拉斯金（Ruskin，1819—1900）世称为19世纪之预言家，于英吉利为美术评论之先辈。其代表之大作为《近世画家论》（*Modern Painters*），力持自然主义，为美术界所惊叹。此外，研究艺术之著述有《建筑七灯》（*The Seven Lamps of Architecture*）等，评论正确，文章亦幽丽可颂。

阿诺德（Arnold，1820—1888），思想雄大高峻，且富于雅趣，实在拉斯金之上。一八六五年出版之《批评论集》（*Essays in Criticism*）为其代表之作。

以上所述之拉斯金及阿诺德二氏，为19世纪中叶以后批评坛之代表。

佩特（Pater，1839—1894），精于修辞，其文体足冠近代。著有《文艺复兴史之研究》（*Studies in the History of Renaissance*），关于文学美术研究精审，颇多创解。

西蒙斯（Symonds，1840—1893）与佩特同精于文艺复兴期之研究，著有《意大利文艺复兴论》（*the Renaissance in Italy*）。西蒙斯（Symonds）于评论文学美术外，兼及于政治宗教之方面。

19世纪剧坛名家，以皮尼罗（Pinheiro，1855—？）、亨利（Henry）、亚瑟·约翰斯（Arthur Johns，1851—？）、萧伯纳（Shaw，1856—？）最负盛名。

書有未曾經我讀
事無不可對人言
智 印

书有未曾经我读
事无不可对人言

善用威者不轻怒
善用恩者不妄施

人好剛我以柔勝之
人用術我以诚感之

人好刚我以柔胜之
人用术我以诚感之

靜能制動沈能制浮

寬能制褊緩能制急

静能制动沉能制浮

宽能制褊缓能制急

叁

修得一个心安

致知在格物论

昔宋孝宗即位，诏中外臣庶，陈时政阙失。朱子封事，首言帝王之学，必先格物致知。是知格物致知之学，为帝王所不废。然世之欲致其知者，往往轻视夫格物之理，抑何谬也……所以泰山之高，非一石所能积。琅琊之东，渤澥稽天，非一水之钟。格物之理，微奥纷繁，非片端之能尽，此则人之欲致，夫知者所不可不辨也……语云：“通天地人谓之儒。”又云：“一物不知，儒者之耻”，其此之谓欤。

非静无以成学论

从来主静之学，大人以之治躬，学者以之成学，要惟恃此心而已。《言行录》云:“周茂叔志趣高远，博学力行，而学以主静为主。”……盖静者安也。如莫不静、好静言思之类。是静如水之止，而停畜弥深;静如玉之藏，而温润自敛。《嘉言篇》云:“非静无以成学”，其即此欤？成学者何？盖以气躁则学不精，气浮则学不利……能静则学可成矣。不然游移而无真见，泛骛而多驰思，则虽朝诵读而夕讴吟，主宰必不克一也，又安望其成哉？

改过实验谈

今值旧历新年，请观厦门全市之中，新气象充满，门户贴新春联，人多着新衣，口言恭贺新禧、新年大吉等。我等素信佛法之人，当此万象更新时，亦应一新乃可。我等所谓新者何，亦如常人贴新春联、着新衣等以为新乎？曰：不然。我等所谓新者，乃是改过自新也。但“改过自新”四字范围太广，若欲演讲，不知从何说起。今且就余五十年来修省改过所实验者，略举数端为诸君言之。

余于讲说之前，有须预陈者，即是以下所引诸书，虽多出于儒书，而实合于佛法。因谈玄说妙修证次第，自以佛书最为详尽。而我等初学之人，持躬敦品、处事接物等法，虽佛书中亦有说者，但儒书所说，尤为明白详尽适于初学。故今多引之，以为吾等学佛法者之一助焉。以下分为总论别示二门。

一

总论者即是说明改过之次第：

（一）学

须先多读佛书儒书，详知善恶之区别及改过迁善之法。倘因佛儒诸书浩如烟海，无力遍读，而亦难于了解者，可以先读《格言联璧》

一部。余自儿时，即读此书。归信佛法以后，亦常常翻阅，甚觉其亲切而有味也。此书佛学书局有排印本甚精。

（二）省

既已学矣，即须常常自己省察，所有一言一动，为善欤，为恶欤？若为恶者，即当痛改。除时时注意改过之外，又于每日临睡时，再将一日所行之事，详细思之。能每日写录日记，尤善。

（三）改

省察以后，若知是过，即力改之。诸君应知改过之事，乃是十分光明磊落，足以表示伟大之人格。故子贡云："君子之过也，如日月之食焉；过也人皆见之，更也人皆仰之。"又古人云："过而能知，可以谓明。知而能改，可以即圣。"诸君可不勉乎！

二

别示者，即是分别说明余五十年来改过迁善之事。但其事甚多，不可胜举。今且举十条为常人所不甚注意者，先与诸君言之。《华严经》中皆用十之数目，乃是用十以表示无尽之意。今余说改过之事，仅举十条，亦尔，正以示余之过失甚多，实无尽也。此次讲说时间甚短，每条之中仅略明大意，未能详言，若欲知者，且俟他日面谈耳。且有下述内容，殊略说之：

（一）虚心

常人不解善恶，不畏因果，决不承认自己有过，更何论改？但古圣贤则不然。今举数例：孔子曰："五十以学易，可以无大过矣。"又曰："闻义不能徙，不善不能改，是吾忧也。"蘧伯玉为当时之贤人，彼使人于孔子。孔子与之坐而问焉，曰：“夫子何为？”对曰：“夫子欲寡其过而未能也。”圣贤尚如此虚心，我等可以贡高自满乎？

（二）慎独

吾等凡有所作所为，起念动心，佛菩萨乃至诸鬼神等，无不尽知尽见。若时时作如是想，自不敢胡作非为。曾子曰：“十目所视，十手所指，其严乎！”又引诗云：“战战兢兢，如临深渊，如履薄冰。”此数语为余所常常忆念不忘者也。

（三）宽厚

造物所忌，曰刻曰巧。圣贤处事，惟宽惟厚。古训甚多，今不详录。

（四）吃亏

古人云：“我不识何等为君子，但看每事肯吃亏的便是。我不识何等为小人，但看每事好便宜的便是。”古时有贤人某临终，子孙请遗训，贤人曰：“无他言，尔等只要学吃亏。”

（五）寡言

此事最为紧要。孔子云：“驷不及舌”，可畏哉！古训甚多，今不详录。

（六）不说人过

古人云：“时时检点自己且不暇，岂有功夫检点他人。”孔子亦云：“躬自厚而薄责于人。”以上数语，余常不敢忘。

（七）不文己过

子夏曰：“小人之过也必文。”我众须知文过乃是最可耻之事。

（八）不覆己过

我等倘有得罪他人之处，即须发大惭愧，生大恐惧。发露陈谢，忏悔前愆。万不可顾惜体面，隐忍不言，自诳自欺。

（九）闻谤不辩

古人云："何以息谤？曰：无辩。"又云："吃得小亏，则不至于吃大亏。"余三十年来屡次经验，深信此数语真实不虚。

（十）不嗔

嗔习最不易除。古贤云："二十年治一怒字，尚未消磨得尽。"但我等亦不可不尽力对治也。《华严经》云："一念嗔心，能开百万障门。"可不畏哉！

三

因限于时间，以上所言者殊略，但亦可知改过之大意。最后，余尚有数言，愿为诸君陈者：改过之事，言之似易，行之甚难。故有屡改而屡犯，自己未能强作主宰者，实由无始宿业所致也。

改习惯

吾人因多生以来之夙习，及以今生自幼所受环境之熏染，而自然现于身口者，名曰习惯。

习惯有善有不善，今且言其不善者。常人对于不善之习惯，而略称之曰习惯。今依俗语而标题也。

在家人之教育，以矫正习惯为主。出家人亦尔。但近世出家人，唯尚谈玄说妙。于自己微细之习惯，固置之不问。即自己一言一动，极粗显易知之习惯，亦罕有加以注意者。可痛叹也。

余于三十岁时，即觉知自己恶习惯太重，颇思尽力对治。出家以来，恒战战兢兢，不敢任情适意。但自愧恶习太重。二十年来，所矫正者百无一二。自今以后，愿努力痛改。更愿有缘诸道侣，亦皆奋袂兴起，同致力于此也。

吾人之习惯甚多。今欲改正，宜依如何之方法耶？若胪列多条，而一时改正，则心劳而效少，以余经验言之，宜先举一条乃至三四条，逐日努力检点，既已改正，后再逐渐增加可耳。

今春以来，有道侣数人，与余同研律学，颇注意于改正习惯。数月以来，稍有成效。今愿述其往事，以告诸公。但诸公欲自改其习惯，不必尽依此数条，尽可随宜酌定。余今所述者，特为诸公作参考耳。

学律诸道侣，已改正习惯，有七条。

一、食不言。现时中等以上各寺院，皆有此制，故改正甚易。

二、不非时食。初讲律时，即由大众自己发心，同持此戒。后来学者亦尔。遂成定例。

三、衣服朴素整齐。或有旧制，色质未能合宜者，暂作内衣，外罩如法之服。

四、别修礼诵等课程。每日除听讲、研究、抄写及随寺众课诵外，皆别自立礼诵等课程，尽力行之。或有每晨于佛前跪读《法华经》者，或有读《华严经》者，或有读《金刚经》者，或每日念佛一万以上者。

五、不闲谈。出家人每喜聚众闲谈，虚丧光阴，废弛道业，可悲可痛！今诸道侣，已能渐除此习。每于食后、或傍晚、休息之时，皆于树下檐边，或经行，或端坐，若默诵佛号，若朗读经文，若默然摄念。

六、不阅报。各地日报，社会新闻栏中，关于杀盗淫妄等事，记载最详。而淫欲诸事，尤描摹尽致。虽无淫欲之人，常阅报纸，亦必受其熏染。此为现代世俗教育家所痛慨者。故学律诸道侣，近已自己发心不阅报纸。

七、常劳动。出家人性多懒惰，不喜劳动。今学律诸道侣，皆已发心，每日扫除大殿及僧房檐下，并奋力作其他种种劳动之事。

以上已改正之习惯，共有七条。

尚有近来特实行改正之二条，亦附列于下：

一、食碗所剩饭粒。印光法师最不喜此事。若见剩饭粒者，即当面痛呵斥之。所谓施主一粒米，恩重大如山也。但若烂粥烂面留滞碗上不易除去者，则非此限。

二、坐时注意威仪。垂足坐时，双腿平列。不宜左右互相翘架，更不宜耸立或直伸。余于在家时，已改此习惯。且现代出家人普通之威仪，亦不许如此。想此习惯不难改正也。

总之，学律诸道侣，改正习惯时，皆由自己发心。决无人出命令而禁止之也。

白马湖放生记

白马湖在越东驿亭乡，旧名强浦。放生之事，前年间也。己巳秋晚，徐居士仲荪适谈欲买鱼介放生（白）马湖，余为赞喜并乞刘居士质平助之。放生既讫，质平记其梗概，余书写二纸，一赠仲荪，一与质平，以示来览也。

时分：十八年九月廿三日五更自驿亭出行十数里到鱼市，东方未明。

舍资者：徐仲荪。

佐助者：刘质平。

肩荷者：徐全茂。以上三人偕往。

鱼市：在百官镇。

品类：虾鱼等。

值资：八圆七毫三分。

放生所：白马湖。

盛鱼具：向百官镇面肆借用，肆主始不许，因去为放生，故彼乃欣然。

放生同行者：释弘一、夏丏尊、徐仲荪、刘质平、徐全茂及夏家老仆丁锦标同乘一舟，别一舟载鱼虾等。

放生时：晨九时一刻。

随喜者：放生之时，岸上簇立而观者甚众，皆大欢喜，叹未曾有。是岁嘉平无缚书。

無事时戒一偷字

有事时戒一亂字

晓晴

无事时戒一偷字

有事时戒一乱字

臨事須替別人想
論人先將自己想

莊嚴

临事须替别人想
论人先将自己想

惡莫大於無恥

過莫大於多言

壺空

恶莫大于无耻

过莫大于多言

大著肚皮容物
立定脚跟做人

肆

幸有人生一知己

乐石社社友小传

以署名先后为次

夏铸，字丏尊，号闷庵。上虞人。

李息，字叔同，一字息翁。燕人，或曰当湖人。幼嗜金石书画之学，长而碌碌无所就。性奇僻，不工媚人，人多恶之。生平易名字百十数。名之著者：曰文涛，曰下，曰成蹊，曰广平，曰岸，曰哀，曰凡。字之著者：曰叔桐，曰漱筒，曰惜霜，曰桃溪，曰李庐，曰圹庐，曰息霜。又自谥曰哀公。

楼启鸿，新登人。字秋宾，号逍遥子。为人磊落不慕荣利，善属文。嗜金石，作印宗西泠丁黄诸子，能得其神似。

杨凤鸣，字子岐。嘉善人。性明敏，工书法，神似真卿。印仿汉人，能不失古意。

陈兼善，字达夫。诸暨人。嗜古金石之学，天资尤聪颖。故学印仅一岁，已深入汉人堂奥。

吴荐谊，字翼汉，又号闻秀。诸暨小东大庄人。幼好古，尤嗜印学，每见古印佳石，多方购得之，摩挲品玩，几欲具袍笏而拜焉。及人县学，乃研究章法刀法之道，作印甚伙。旋来武林。课余之暇，常摹仿古印，尤孜孜不倦。

周其镳，字淦卿。杭人。仪容秀隽，性忧郁。名其庐曰爱吾，意盖以孤芳自怜乎。刻印上宗周秦，朱文尤佳，细致周密，类其人也。

朱毓魁，字文叔。桐乡人。通文学，精刻印，不加修饰，得浑厚之气。

杜振瀛，字丹成。嵊人。别号郯道人，以地名也。善写兰，劲健中尤饶秀气。间写梅竹，亦有可观。盖其天资过人一等也。出其余力刻印，以浑古称。

徐啸涛，名葆玚。上虞人。知诗善画，篆刻初师辛谷。壬子来杭，与西泠诸印人朝夕研求，知印以宗汉为正。因尽弃辛谷之学而学之。尤善白文，浑厚高古，得汉人神髓。

邱志贞，字梅白。诸暨人。性亢直，有奇癖，见书画篆刻等，尝恋不忍去。家中寄其用费，多以购古书画碑帖之类。初学刻石，孤陋无师，不足以言印。岁壬子，就学武林，始与西泠诸印人相往来，又得西泠印社所藏自周秦以迄晚近诸名人印谱而卒读之，学乃益进。书画亦浑健，不失古法，但所作极鲜。

关仁本，字根心。杭人。性嗜美术，工刻印，旁款尤精。

戚纯文，字继棠。吴兴人。性淳笃，多巧思，工书画，尤嗜金石。遇有先人印谱，无不精心研究，故其所作之印古雅绝俗。

陈伟，钱塘人。原名家煜，字骨秋，别号骨道人。工篆刻，直追秦汉。以浑厚自持，不泥于章法。得老缶神髓。又善画山水，苍古老到，高出流辈。

翁镕生，字慕陶。杭人。性温和，酷嗜美术。刻印疏落入古。

毛自明，字伯亮，一字亮伯，号耿中。安吉人。恂恂儒雅，力学不倦。工篆刻，所作印有汉人遗意。

徐志行，字拙夫。上虞人。性聪慧，嗜金石文字。善行楷，兼工篆刻。

经亨颐，字子渊，别号石禅。上虞人。作印有家学，书宗小爨，因又号爨盦。

堵福诜，字申甫，又号屹山。会稽人。工画，喜作印。

张金明，字砺成，号侣尘。长兴人。性嗜古，收藏古书画甚富。又喜篆刻。甲寅冬，乐石社起，遂入社治印。

费砚，字剑石，号龙丁。华亭人。精于金石书画之学。夫人李氏，亦工诗，善篆刻。

胡宗成，字梦庄，号止安。绍兴人。工文辞，喜金石之学。搜藏汉魏六朝碑版及唐人墓志，精拓甚富。好奕棋，能书八分，刻印以秦汉为宗。尝与二三同志，创立臧社，推为社长。

王世，字匊昆，号菊烟。禹航西乡人，侨寓武林，喜探数理，兼有金石癖。

周承德，字佚生。海宁人。工文辞，博学好古，书法宗六朝。上窥汉隶，力学不倦，以其余暇，戏弄铁笔，所作印章，均有秦汉六朝神韵。

柳弃疾，字亚子，吴江人。少无乡曲之誉，而狷狂喜大言。十年结客，始愿莫酬，则杜门削辙。左对孺人，右弄孺子，自谓有终焉之志矣，顾复时时作近游。四年夏，泛舟西泠，遇故人李息霜，方创乐石社。邀之，则敬谢曰："仆少懵于艺事，金石刻划之学，诚有所未能，可奈何。”李子曰：“无伤也耳。”因欢然从焉。昔齐王好竽，而南郭先生不能竽，乃滥厕众客之间；毛遂谓十九人曰，公等碌碌，所谓因人成事者也。盖于古有之，是以谢客难矣。

张一鸣，字心芜。桐乡人。杭爽倜傥，有淳于东方之风，一语出，令人颐解。尝奔走国事，从燕市酒徒游。既失意，归为湖上寓公。益以诗酒自放，佯狂落魄，闻者悲之。初为南社社友，继入乐石社。

姚光，字石子。金山人。年少媚学，恂恂有儒者风。长身玉立，意态洒然也。早岁入南社，从海内诸贤豪，上下其议论。继乃创国学商兑会于金山之留溪，声名益盛。四年夏五，结伴游武林，复为乐石社社友。

附：徐渭仁，字善扬。上虞人。自幼好学甚笃，以家贫中道而止。年二十，佣于武林师范学舍。执役之暇，辄手一卷，吟讽不辍。以贫故，无资购书，则拾字簏之弃本读之。又以余暇，为乐石社拓印款，工洁可爱。予以资，则不受，以书画印章等贻之，则大喜称谢。其嗜好殊俗如斯，可以传矣，故附及之。

汪居士传

三衢北乡莲花寺，前临溪流，上驾石梁五虹，名胜甲东浙。右有村落，曰莲华。南宋之时，市廛殷凑，康衢十里，边陲宽广，可并驰五马。咸同乱兴，村市逐废。此岁已来，豫皖商贾徙居者众，设肆十数，少复繁盛。然跬步而外，便有幽致。清流澹泞，林木萧疏。高蹈之侣，乐是游居，遂其冲挹之性焉。

庚申秋中，余来三衢，居莲华寺。始识冯君明之，君通医典，博学穷研，能造其极。而无闻于世，蔬食长斋，栖贫自澹，以视荣利，泊如也。有言汪居士者，隐于村肆。慕其高轨，致词延召，适行贾高家，未由有展。明岁发春，归卧钱塘，旋去永宁。居士书来，辞况冲美，欣若暂对。自是已往，数因行李，通致诚款。

越三年，癸亥九月，余以业缘，重来莲华。未数日，居士与冯君明之胡子嘉有过余精舍。容仪温霭，不事外饰，从容宴语，雅相知得有若故交。尔后数数过谈，常挈胡子。胡子名武绅，居士甥也。姿性不群，潜心道味。余以梵典示居士，胡子辄伏案旁，殷勤寻览。居士为之释其义，指事曲喻，牖导周至。

居士通金刚心经，修习禅定。近见普陀光法师文钞，始归信净土，持佛名号，以为常课。日理肆事，逮及初夜，所事既辨，便退处闲堂，陈书览卷，四鼓乃寝。如是者二十余年，未尝一日辍也。于书无所不观，经史而外，旁及汉宋之训诂义理，三唐之文词，下逮书画篆刻诸术，靡不博涉而会其道。尝与之论议，能举其源流派别，历历若贯珠，不知者以为老师宿儒也。居士藏书甚富，床头案角，积帙千卷。家无资蓄，时获长财，必过书肆，有旧刻善本，不惜重金求之，其好学契苦类如此。居士经贾高家，尝过莲华，为观旧佐治瓅曲，繁文细目，人畏其难者，居士当之，措置绰然。以是人称，居士善贾。而雅思润才，知之者鲜矣。余与居士交久，志其言行，述而传焉。居士名峻坡，字澄衷，一字梦空，南皖歙县鲸溪人。

赞曰：莲华多隐君子，空谷幽涧，佳蕙生焉。若居士者，溷迹市肆，而无改其夷旷之致，斯又难矣。古德谓处动处静，忌内忌外，其言兹若人之俦乎。

汪居士传补遗

余撰汪居士传，居士尝为述其家世，及以往事，颇极详委。于传阙略，爰补记之。

居士曰，吾家世业儒，咸同之际，寇入皖，曾王父母，王父母悉殁于难。会王父友仁，母霞坑吴。王父协中，母鸿飞冯，父鉴堂。兄弟五人，父最幼，长理堂，清邑庠生，次霁堂、映堂、丽堂。既值变乱，家日落，父乃贾于衢。元聘沧山源吴，未嫁早世。嗣配七贤胡，生二兄，长峡，二垲，悉幼殇。垲九岁，诵四子书，竟能通其义，遽尔夭折，人皆惜之。余生于光绪九年癸未十二月一日。垲兄殇，余已五岁。翌年，侍母来衢，赁庑居焉。父日授方字十数，示其音义。八岁，始入塾师，信安陈玉其，逾年，师病，乃归家承庭训。十一丁父丧。明年，奉母及二妹返里，室无恒产。母为人针黹，操作不怠，获少资，以给藜藿。是岁随伯兄厚之读，后受学于母舅胡寻甫。母舅通理学，为南皖老宿。从游二年，以贫辍学，习贾于外。自是操觚握筹，往来高家莲华间。而婚嫁丧葬生死尘劳之事，二十年来，缠缚无已。娶于鸿飞冯，寻亡。继娶邑城萧，生子三，德铿殇，德锵，德铮。女一，负负。长妹嫁北岸吴，早寡。次嫁昌溪吴，有子曰重福。壬子九月丧母。戊午冬葬父及元聘吴于上郑坑店清闲坞口山下。

致刘质平：苦中寻乐

质平仁弟足下：

顷奉手书，敬悉。《和声学》亦收到。尊状近若何，至以为念！

人生多艰，“不如意事常八九”，吾人于此，当镇定精神，勉于苦中寻乐；若处处拘泥，徒劳脑力，无济于事，适自苦耳。吾弟卧病多暇，可取古人修养格言（如《论语》之类）读之，胸中必另有一番境界。下半年仍来杭校甚善。不佞固甚愿与吾弟常相叙首也。

祇询近佳。

息上

九月三日

致刘质平：赠君学费

质平仁弟：

昨上一函一片，计达览。请补官费之事，不佞再四斟酌，恐难如愿。不佞与夏先生素不与官厅相识，只可推此事于经先生。经先生多忙，能否专为此事往返奔走，亦未可知。即能任劳力谋，成否亦在未可知之数。（总而言之，求人甚难。）此中困难情形，可以意料及之也。君之家庭助君学费，大约可至何时？如君学费断绝，困难之时，不佞可以量力助君。但不佞窭人也，必须无意外之变，乃可如愿。因学校薪水领不到时，即无可设法。今将详细之情形述之于下：

不佞现每月入薪水百零五元

出款：

上海家用四十元　年节另加

天津家用廿五元　年节另加

自己食物十元

自己零用五元

自己应酬费买物添衣费五元

如依是正确计算，严守此数，不再多费，每月可余廿元。

此廿元即可以作君学费用。中国留学生往往学费甚多，但日本学生每月有廿元已可敷用。不买书、买物、交际游览，可以省钱许多。将来不佞之薪水，大约有减无增。但再减去五元，仍无大妨碍，（自己用之款内，可以再加节省。）如再多减，则觉困难矣。

又，不佞家无恒产，专恃薪水养家。如患大病，不能任职，或由学校辞职，或因时局不能发薪水；倘有此种变故，即无法可设也。以上所述。为不佞个人之情形。

倘以后由不佞助君学费，有下列数条，必须由君承认实行乃可：

一、此款系以我辈之交谊，赠君用之，并非借贷与君。因不佞向不喜与人通借贷也。故此款君受之，将来不必偿还。

二、赠款事只有吾二人知，不可与第三人谈及。君之家族门先生等皆不可谈及。家族如追问，可云有人如此而已，万不可提出姓名。

三、赠款期限，以君之家族不给学费时起，至毕业时止。但如有前述之变故，则不能赠款。（如减薪水太多，则赠款亦须减少。）

四、君须听从不佞之意见，不可违背。不佞并无他意，但愿君按部就班用功，无太过不及。注重卫生，俾可学成有获，不致半途中止也。君之心高气浮是第一障碍物（自杀之事不可再想），必须痛除。

以上所说之情形，望君详细思索，写回信复我。助学费事，不佞不敢向他人言，因他人以诚意待人者少也。即有装面子暂时敷衍者，亦将久而生厌，焉能持久？君之家族，尚不能尽力助君，何况外人乎？若不佞近来颇明天理，愿依天理行事，望君勿以常人之情

推测不佞可也。此颂

近佳

李婴

此函阅后焚去。

致芝峰法师[①]：专力学问

芝法师座下：

顷奉惠书并大著，欢喜无量。大著深契鄙意，佩仰万分。将来流布之后，必可令多数学子同植菩提之因。仁者法施功德，宁有既耶？

前日闻仁者与醒法师有往苏州之意，鄙见以为未妥。倘仁者不欲居厦门，则乞移锡金仙。又静公近拟接受杭州招贤寺，倘能成就，则仁者住居招贤，甚为适宜。

末学与仁者神交以来，垂十年矣。窃念当今之世，如仁者英年绩学者，殊为稀有。若再深入教诲，旁及世俗之学识，如是致力十数年，所造必可在虚大师之上。当仁不让，愿仁者努力为之。日本学者著作虽条理可观，然于佛学所造甚为浅薄。仁者将来学业成就，所有著作，必能令日人五体投地，万分佩仰。且可译为西方文字传播欧美，可为世界第一大导师，则将来受仁者法施之惠者，岂仅中华已耶！

---

① 芝峰法师（1901—1971），浙江温州人。早年出家，受教于谛闲法师、太虚法师。历任闽南佛学院教授、《海潮音》月刊编辑等职。

末学敬劝仁者，今后无论居住何处，总宜专力于学问及撰述之业。至若作方丈和尚等之职务，愿仁者立誓，终身决不为之。因现代出家人中，能任方丈和尚等职务者，甚多甚多，而优于学问，能继续虚大师，弘宣大法，以著述传播日本乃至欧美者，以末学所知所最信仰者，当以仁者为第一人矣。末学于仁者钦佩既深，故敢掬诚奉劝。杂陈芜辞，幸垂省览。

音启

致夏丏尊：天气甚暖

丏尊居士：

久未通讯，甚念。厦门天气甚暖。石榴花、桂花、晚香玉、白兰花、玫瑰花等，皆仍开放。又有热带之奇花异草甚多。几不知世间尚有严冬风雪之苦矣。近由李圆净居士交致尊处之天津寄款二十元，乞便中托人送致愚园路胶州路七号佛学书局交沈彬翰居士，收入第七六六号弘一存款户头中，以备将来请经之用。至为感谢。拟于旧历正月二十一日，即蕅益大师涅槃之日，在此讲《四分律戒本》及《表记》。

演音　疏

不近人情舉足盡是危機
不體物情一生俱成夢境

智门

不近人情举足尽是危机
不体物情一生俱成梦境

涵養沖虛便是身世學問

省除煩惱何等心性安和

涵养冲虚便是身世学问

省除烦恼何等心性安和

缓事宜急干敏则有功

急事宜缓办忙则多错

自责之外无胜人之术

自强之外无上人之术

伍

吟到夕阳山外山

诗 词

断句

人生犹似西山日，富贵终如草上霜。

诗

咏山茶花

瑟瑟寒风剪剪催，几枝花放水云隈。
淡妆写出无双品，芳信传来第二回。
春色鲜鲜胜似锦，粉痕艳艳瘦于梅。
本来桃李羞同调，故向百花头上开。

题梦仙花卉横幅

梦仙大姊，幼学于王弢园先辈，能文章诗词。又就灵鹈京卿学，画宗七芗家法，而能得其神韵，时人以出蓝誉之。是画作于庚子九月，时余方奉母城南草堂。花晨月夕，母辄招大姊说诗评画，引以为乐。

大姊多病，母为治药饵，视之如己出。壬寅荷花生日大姊逝。越三年乙巳，母亦弃养。余乃亡命海外，放浪无赖。回忆曩日，家庭之乐，唱和之雅，恍惚殆若隔世矣。今岁幻园姻兄示此幅，索为题辞。余恫逝者之不作，悲生者之多艰。聊赋短什，以志哀思。

人生如梦耳，哀乐到心头。

洒剩两行泪，吟成一夕秋。

慈云渺天末，明月下南楼。

（今春过城南草堂旧址，楼台杨柳，大半荒芜矣。）

寿世无长物，丹青片羽留。

甲寅秋七月 李息时客钱塘

感时

杜宇啼残故国愁，虚名况敢望千秋。

男儿若论收场好，不是将军也断头。

津门清明

一杯浊酒过清明，肠断樽前百感生。

辜负江南好风景，杏花时节在边城。

和宋贞题城南草堂原韵

门外风花各自春，空中楼阁画中身。

而今得结烟霞侣，休管人生幻与真。

赠语心楼主人二首

天末斜阳淡不红，虾蟆陵下几秋风？
将军已死圆圆老，都在书生倦眼中。
道左朱门谁痛哭，庭前柯木已成围。
只今憔悴江南日，不似当年金缕衣。

词

菩萨蛮·忆杨翠喜

（其一）

燕支山上花如雪，燕支山下人如月。额发翠云铺，眉弯淡欲无。夕阳微雨后，叶底秋痕瘦。生小怕言愁，言愁不耐羞。

（其二）

晓风无力垂杨懒，情长忘却游丝短。酒醒月痕低，江南杜宇啼。痴魂销一捻，愿化穿花蝶。帘外隔花阴，朝朝香梦沉。

金缕曲

将之日本，留别祖国，并呈同学诸子。

披发佯狂走。莽中原，暮鸦啼彻，几株衰柳。破碎河山谁收拾，零落西风依旧，便惹得离人消瘦。行矣临流重太息，说相思，刻骨双红豆。愁黯黯，浓于酒。

漾情不断淞波溜。恨年来絮飘萍泊，遮难回首。二十文章惊海内，毕竟空谈何有？听匣底苍龙狂吼！长夜凄风眠不得，度群生那惜心肝剖？是祖国，忍孤负！

醉花阴·闺怨

落尽杨花红板路，无计留春住。独立玉阑干，欲诉离愁，生怕笼鹦鹉。

楼头又见斜阳暮，怎奈归期误。相忆梦难成，芳草天涯，极目人何处？

清平乐·赠许幻园

城南小住。情适闲居赋。文采风流合倾慕。闭户著书自足。

阳春常驻山家。金樽酒进胡麻。篱畔菊花未老，岭头又放梅花。

《护生画集》题词

众生

是亦众生，与我体同。
应起悲心，怜彼昏蒙。
普劝世人，放生戒杀；
不食其肉，乃谓爱物。

生的扶持

一蟹失足，二蟹持扶。
物知慈悲，人何不如！

今日与明朝

日暖春风和，策杖游郊园。
双鸭泛清波，群鱼戏碧川。
为念世途险，欢乐何足言？
明朝落网罟，系颈陈市廛。
思彼刀砧苦，不觉悲泪潸。

母之羽

雏儿依残羽，殷殷恋慈母。

母亡儿不知，犹复相环守。

念此亲爱情，能勿凄心否？

诀别之音

落花辞枝，夕阳欲沉。

裂帛一声，凄入秋心。

生离欤？死别欤？

生离尝恻恻，临行复回首，

此去不再还，念儿儿知否？

儿戏

教训子女，宜在幼时，

先入为主，终身不移，

长养慈心，勿伤物命，

充此一念，可为仁圣。

沉溺

莫谓虫命微，沉溺而不援。

应知恻隐心，是为仁之端。

生机

小草出墙腰，亦复饶佳致。

我为勤灌溉，欣欣有生意。

囚徒之歌

人在牢狱，终日愁欷。

鸟在樊笼，终日悲啼。

聆此哀音，凄入心脾。

何如放舍，任彼高飞。

投宿

夕日落江渚，炊烟起村墅。

小鸟亦归家，殷殷恋旧主。

惠而不费

勿谓善小，不乐为之。

惠而不费，亦曰仁慈。

在事者当置身利害之外
建言者当设身利害之中

在事者当置身利害之外
建言者当设身利害之中

有作用者器宇定是不凡
有智慧者才情决然不露

有作用者器宇定是不凡
有智慧者才情决然不露

衰後罪孽都是盛時作的

老来疾病都是壯年招的

方廣

衰后罪孽都是盛时作的

老来疾病都是壮年招的

以恕己之心恕人則全交
以責人之心責己則寡過
日銓

以恕己之心恕人则全交
以责人之心责己则寡过

陆

悲欣交集见观经

最后之□□[1]

佛教养正院已办有四年了。诸位同学初来的时候，身体很小，经过四年之久，身体皆大起来了，有的和我也差不多。啊！光阴很快。人生在世，自幼年至中年，自中年至老年，虽然经过几十年之光景，实与一会儿差不多。就我自己而论，我的年纪将到六十了，回想从小孩子的时候起到现在，种种经过如在目前。啊！我想我以往经过的情形，只有一句话可以对诸位说，就是“不堪回首”而已。

我常自己来想，啊！我是一个禽兽吗？好像不是，因为我还是一个人身。我的天良丧尽了吗？好像还没有，因为我尚有一线天良常常想念自己的过失。我从小孩子起一直到现在都埋头造恶吗？好像也不是，因为我小孩子的时候，常行袁了凡的功过格，三十岁以后，很注意于修养，初出家时，也不是没有道心。虽然如此，但出家以后一直到现在，便大不同了：因为出家以后二十年之中，一天比一天堕落，身体虽然不是禽兽，而心则与禽兽差

① 原文此处即缺字，根据文意推测为“忏悔”。

不多。天良虽然没有完全丧尽，但是昏聩糊涂，一天比一天利害，抑或与天良丧尽也差不多了。讲到埋头造恶的一句话，我自从出家以后，恶念一天比一天增加，善念一天比一天退失，一直到现在，可以说是醇乎其醇的一个埋头造恶的人，这个也无须客气，也无须谦让了。

就以上所说看起来，我从出家后已经堕落到这种地步，真可令人惊叹；其中到闽南以后十年的功夫，尤其是堕落的堕落。去年春间曾经在养正院讲过一次，所讲的题目，就是“南闽十年之梦影”，那一次所讲的，字字之中，都可以看到我的泪痕，诸位应当还记得吧。

可是到了今年，比去年更不像样子了；自从正月二十到泉州，这两个月之中，弄得不知所云。不只我自己看不过去；就是我的朋友也说我以前如闲云野鹤，独往独来，随意栖止，何以近来竟大改常度，到处演讲，常常见客，时时宴会，简直变成一个“应酬的和尚”了，这是我的朋友所讲的。啊！“应酬的和尚”，这五个字，我想我自己近来倒很有几分相像。

如是在泉州住了两个月以后，又到惠安到厦门到漳州，都是继续前稿；除了利养，还是名闻，除了名闻，还是利养。日常生活，总不在名闻利养之外。虽在瑞竹岩住了两个月，稍少闲静，但是不久，又到祈保亭冒充善知识，受了许多的善男信女的礼拜供养，可以说是惭愧已极了。

九月又到安海，住了一个月，十分的热闹。近来再到泉州，虽然时常起一种恐惧厌离的心，但是仍不免向这一条名闻利养的路上前进。可是近来也有件可庆幸的事，因为我近来得到永春十五岁小孩子的一封信。他劝我以后不可常常宴会，要养静用功；信中又说起他近来的生活，如吟诗、赏月、看花、静坐等，洋洋千言的一封信。啊！他是一个十五岁的小孩子，竟有如此高尚的思想，正当的见解。我看到他这一封信，真是惭愧万分了。我自从得到他的信以后，就以十分坚决的心，谢绝宴会，虽然得罪了别人，也不管他，这个也可算是近来一件可庆幸的事了。

虽然是如此，但我的过失也太多了，可以说是从头至足，没有一处无过失，岂只谢绝宴会，就算了结了吗？尤其是今年几个月之中，极力冒充善知识，实在是太为佛门丢脸。别人或者能够原谅我；但我对我自己，绝不能够原谅，断不能如此马马虎虎地过去。所以我近来对人讲话的时候，绝不顾惜情面，决定赶快料理没有了结的事情，将“法师”“老法师”“律师”等名目，一概取消，将学人侍者等一概辞谢；孑然一身，遂我初服，这个或者亦是我一生的大结束了。

啊！再过一个多月，我的年纪要到六十了。像我出家以来，既然是无惭无愧，埋头造恶，所以到现在所做的事，大半支离破碎不能圆满，这个也是分所当然。只有对于养正院诸位同学，相处四年之久，有点不能忘情；我很盼望养正院从此以后，能够复兴起来，为全国模范的僧学院。可是我的年纪老了，又没有道德学问，我以后对于养正院，也只可说“爱莫能助”了。

啊！与诸位同学谈得时间也太久了，且用古人的诗来作临别赠言。诗云：

未济终焉心飘渺[①]，万事都从缺陷好。

吟到夕阳山外山，古今谁免余情绕。

---

① 原文中的首句为缺字“□”，原诗为清代龚自珍所作。

遗 嘱

（一）

壬申年六月下旬，上虞白马湖，致刘质平

刘质平居士披阅:

余命终后，凡追悼会、建塔及其他纪念之事，皆不可做。因此种事，与余无益，反失福也。

倘欲做一事业与余为纪念者，乞将《四分律比丘戒相表记》印两千册。

以一千册，交佛学书局（闸北新民路国庆路口，即居士林旁）流通。每册经手流通费五分，此资即赠与书局。请书局于《半月刊》中，登广告。

以五百册，赠与上海北四川路底内山书店存贮，以后随意赠与日本诸居士。

以五百册分赠同人。

此书印资，请质平居士募集。并作跋语，附印书后，仍由中华书局石印。（乞与印刷主任徐曜堃居士接洽。一切照前式，惟装订改良。）

此书原稿，存在穆藕初居士处。乞托徐曜堃往借。

此书可为余出家以后最大之著作，故宜流通，以为纪念也。

弘一书

（二）

壬午年九月，泉州温陵养老院，致沈彬翰

彬翰居士文席：

前奉惠书，欣悉一一。朽人已于农历［ ］月［ ］日谢世。前所发愿编辑之《南山律在家备览》，未能成就，至为歉然。惟曾别辑《盗戒释相概略问答》一卷，虽简略无足观，然亦可为最后之纪念也。附邮奉上，希受收。

谨陈，不宣。

音启

（三）

壬午年九月，泉州温陵养老院，致夏丏尊

丏尊居士文席：

朽人已于［ ］月［ ］日迁化。曾赋二偈，附录于后：

君子之交，其淡如水。执象而求，咫尺千里。问余何适，廓尔亡言。华枝春满，天心月圆。

谨达，不宣。

音启

（四）

壬午年九月，泉州温陵养老院，致刘质平

质平居士文席：

朽人已于［ ］月［ ］日谢世。曾赋二偈，附录于后：

君子之交，其淡如水。执象而求，咫尺千里。问余何适，廓尔亡言。华枝春满，天心月圆。

前所记月日，系依农历也。

谨达，不宣。

音启

處逆境心須用開拓法
處順境心要用收斂法
如實

处逆境心须用开拓法
处顺境心要用收敛法

人褊急我受之以宽宏
人险仄我待之以坦荡

力依

人褊急我受之以宽宏
人险仄我平之以坦荡

谦美德也过谦者怀诈
默懿行也过默者藏奸

對失意人莫談得意事
處得意日莫忘失意時

对失意人莫谈得意事
处得意日莫忘失意时

附录一

我与弘一法师

/ 丰子恺

弘一法师是我学艺术的教师，又是我信宗教的导师。我的一生，受法师影响很大。厦门是法师近年经行之地，据我到此三天内所见，厦门人士受法师的影响也很大，故我与厦门人士不啻都是同窗弟兄。今天佛学会要我演讲，我惭愧修养浅薄，不能讲弘法利生的大义，只能把我从弘一法师学习艺术宗教时的旧事，向诸位同窗弟兄谈谈，还请赐我指教。

我十七岁入杭州浙江第一师范，廿岁毕业以后没有升学。我受中等学校以上学校教育，只此五年。这五年间，弘一法师，那时称为李叔同先生，便是我的图画音乐教师。图画音乐两科，在现在的学校里是不很看重的，但是奇怪得很，在当时我们的那间浙江第一师范里，看得比英、国、算还重。我们有两个图画专用的教室，许多石膏模型，两架钢琴，五十几架风琴。我们每天要花一小时去练习图画，花一小时以上去练习弹琴。大家认为当然，恬不为怪，这是什么缘故呢？因为李先生的人格和学问，统制了我们的感情，折服了我们的心。他从来不骂人，从来不责备人，态度谦恭，同出家后完全一样，然而个个学生真心地怕他，真心地学习他，真心地崇拜他。我便是其中之一人。

因为就人格讲，他的当教师不为名利，为当教师而当教师，用全副精力去当教师。就学问讲，他博学多能，其国文比国文先生更高，其英文比英文先生更高，其历史比历史先生更高，其常识比博物先生更富，又是书法金石的专家，中国话剧的鼻祖。他不是只能教图画音乐，他是拿许多别的学问为背景而教他的图画音乐。夏丏尊先生曾经说，“李先生的教师，是有后光的。”像佛菩萨那样有后光，怎不教人崇拜呢？而我的崇拜他，更甚于他人。大约是我的气质与李先生有一点相似，凡他所欢喜的，我都欢喜。我在师范学校，一二年级都考第一名；三年级以后忽然降到第二十名，因为我旷废了许多师范生的功课，而专心于李先生所喜的文学艺术，一直到毕业。毕业后我无力升大学，借了些钱到日本去游玩，没有进学校，看了许多画展，听了许多音乐会，买了许多文艺书，一年后回国，一方面当教师，一方面埋头自习，一直自习到现在，对李先生的艺术还是迷恋不舍。李先生早已由艺术而升华到宗教而成正果，而我还彷徨在艺术宗教的十字街头，自己想想，真是一个不肖的学生。

他怎么由艺术升华到宗教呢？当时人都诧异，以为李先生受了什么刺激，忽然“遁入空门”了。我却能理解他的心，我认为他的出家是当然的。我以为人的生活，可以分作三层：一是物质生活，二是精神生活，三是灵魂生活。物质生活就是衣食。精神生活就是学术文艺。灵魂生活就是宗教。“人生”就是这样的一个三层楼。懒得（或无力）走楼梯的，就住在第一层，即把物质生活弄得很好，锦衣玉食，尊荣富贵，孝子慈孙，这样就满足了。这也是一种人生观。抱这样的人生观的人，在世间占大多数。其次，高兴（或有力）走楼梯的，就爬上二层楼去玩玩，或者久居在里头。这就是专心学术文艺的人。他们把全力贡献于学问的研究，把全心寄托于文艺的创作和欣赏。这样的人，在世间也很多，即所谓“知识分子”“学者”“艺术家”。还有一种人，“人生欲”很强，脚力很大，对二层楼还不满足，就再走楼梯，爬上三层楼去。他们做人很认真，满足了“物质欲”还不够，满足了“精神欲”还不够，必须探求人生的究竟。他们以为财产子孙都是身外之物，学术文艺都是暂时的美景，连自己的身体都是虚幻的存在。他们不肯做本能的奴隶，必须追究灵魂的来源，宇宙的根本，这才能满足他们的“人生欲”。世间就不过这三种人。我虽用三层楼为比喻，但并非必须从第一层到第二层，然后得到第三层。有很多人，从第一层直上第三层，并不需要在第二层勾留。还有许多人连第一层也不住，一口气跑上三层楼。不过我们的弘一法师，是一层一层地走上去的。弘一法师的“人生欲”非常之强！他的做人，一定要做得彻底。他早年对母尽孝，对妻子尽爱，安住在第一层楼中。中年专心研究艺术，发挥多方面的天才，便是迁居在二层楼了。强大的“人生欲”不能使他满足于二层楼，于是爬上三层楼去，做和尚，修净土，研戒律，这是当然的事，毫不足怪的。做人好比喝酒；酒量小的，喝一杯花雕酒已经醉了，酒量大的，喝花雕嫌淡，必须喝高粱酒才能过瘾。弘一法师酒量很大，喝花雕不能过瘾，必须喝高粱。我酒量很小，只能喝花雕，难得喝一口高粱而已。但喝花雕的人，颇能理解喝高粱者的心。故我对于弘一法师的由艺术升华到宗教，一向认为当然，毫不足怪的。

艺术的最高点与宗教相接近。二层楼的扶梯的最后顶点就是三层楼，所以弘一法师由艺术升华到宗教，是必然的事。弘一法师在闽中，留下不少的墨宝。这些墨宝，在内容上是宗教的，在形式上是艺术的——书法。闽中人士久受弘一法师的熏陶，大都富有宗教信仰及艺术修养。我这初次入闽的人，看见这情形，非常歆羡，十分钦佩！

前天参拜南普陀寺，承广洽法师的指示，瞻观弘一法师的故居及其手种杨柳，又看到他所创办的佛教养正院。广义法师要我为养正院书联，我就集唐人诗句："须知诸相皆非相，能使无情尽有情"，写了一副。这对联挂在弘一法师所创办的佛教养正院里，我觉得很适当。因为上联说佛经，下联说艺术，很可表明弘一法师由艺术升华到宗教的意义。艺术家看见花笑，听见鸟语，举杯邀明月，开门迎白云，能把自然当作人看，能化无情为有情，这便是"物我一体"的境界。更进一步，便是"万法从心""诸相非相"的佛教真谛了。最高的艺术家有言："无声之诗无一字，无形之画无一笔。"可知吟诗描画，平平仄仄，红红绿绿，原不过是雕虫小技，艺术的皮毛而已，艺术的精神，正是宗教的。古人云："文章一小技，于道未为尊。"又曰："太上立德，其次立言。"弘一法师教人，亦常引用儒家语："士先器识而后文艺。"所谓"文章""言""文艺"，便是艺术，所谓"道""德""器识"，正是宗教的修养。宗教与艺术的高下重轻，在此已经明示，三层楼当然在二层楼之上的。

我脚力小，不能追随弘一法师上三层楼，现在还停留在二层楼上，斤斤于一字一笔的小技，自己觉得很惭愧。但亦常常勉力爬上扶梯，向三层楼上望望。故我希望：学宗教的人，不须多花精神去学艺术的技巧，因为宗教已经包括艺术了。而学艺术的人，必须进而体会宗教的精神，其艺术方有进步。久驻闽中的高僧，我所知道的还有一位太虚法师。他是我的小同乡，从小出家的。他并没有弄艺术，是一口气跑上三层楼的。但他与弘一法师，同样是旷世的高僧，同样地为世人所景仰。可知在世间，宗教高于一切。在人的修身上，器识重于一切。太虚法师与弘一法师，异途同归，各成正果。文艺小技的能不能，在大人格上是毫不足道的。我愿与闽中人士以二法师为模范而共同勉励。

李叔同先生的文艺观
——先器识而后文艺　/丰子恺

李叔同先生，即后来在杭州虎跑寺出家为僧的弘一法师，是中国近代文艺的先驱者。早在五十年前，他首先留学日本，把现代的话剧、油画和钢琴音乐介绍到中国来。中国的话剧、油画和钢琴音乐，是从李先生开始的。他富有文艺才能，除上述三种艺术外，又精书法，工金石（现在西湖西泠印社石壁里有“叔同印藏”），长于文章诗词。文艺的园地，差不多被他走遍了。一般人因为他后来做和尚，不大注意他的文艺。今年是李先生逝世十五周年纪念，又是中国话剧五十周年纪念，我追慕他的文艺观，略谈如下：

李先生出家之后，别的文艺都屏除，只有对书法和金石不能忘情。他常常用精妙的笔法来写经文佛号，盖上精妙的图章。有少数图章是自己刻的，有许多图章是他所赞善的金石家许霏（晦庐）刻的。他在致晦庐的信中说：

晦庐居士主席：

惠书诵悉。诸荷护念，感谢无已。朽人剃染已来二十余年，于文艺不复措意。世典亦云：“士先器识而后文艺”，况乎出家

离俗之侣！朽人昔尝诫人云："应使文艺以人传，不可人以文艺传"，即此义也。承刊三印，古穆

可喜，至用感谢……

见林子青编《弘一大师年谱》第205页

这正是李先生文艺观的自述。"先器识而后文艺""应使文艺以人传，不可人以文艺传"，正是李先生的文艺观。

四十年前我是李先生在杭州师范任教时的学生，曾经在五年间受他的文艺教育，现在我要回忆往昔。李先生虽然是一个演话剧、画油画、弹钢琴、作文、吟诗、填词、写字、刻图章的人，但在杭州师范的宿舍（即今贡院杭州一中）里的案头，常常放着一册《人谱》（明刘宗周著，书中列举古来许多贤人的嘉言懿行，凡数百条），这书的封面上，李先生亲手写着"身体力行"四个字，每个字旁加一个红圈，我每次到他房间里去，总看见案头的一角放着这册书。当时我年幼无知，心里觉得奇怪，李先生专精西洋艺术，为什么看这些陈猫古老鼠，而且把它放在座右，后来李先生当了我们的级任教师，有一次叫我们几个人到他房间里去谈话，他翻开这册《人谱》来指出一节给我们看。

唐初，王（勃）、杨、庐、骆皆以文章有盛名，人皆期许其贵显，裴行俭见之，曰：士之致远者，当先器识而后文艺。勃等虽有文章，而浮躁浅露，岂享爵禄之器耶……

见《人谱》卷五，录于《唐书·裴行俭传》

他红着脸，吃着口（李先生是不善讲话的），把"先器识而后文艺"的意义讲解给我们听，并且说明这里的"显贵"和"享爵禄"不

可呆板地解释为做官，应该解释道德高尚，人格伟大的意思。“先器识而后文艺”，译为现代话，大约是“首重人格修养，次重文艺学习”，更具体地说：“要做一个好文艺家，必先做一个好人。”可见李先生平日致力于演剧、绘画、音乐、文学等文艺修养，同时更致力于“器识”修养。他认为一个文艺家倘没有“器识”，无论技术何等精通熟练，亦不足道，所以他常诫人“应使文艺以人传，不可人以文艺传”。

我那时正热衷于油画和钢琴技术，这一天听了他这番话，心里好比新开了一个明窗，真是胜读十年书。从此我对李先生更加崇敬了。后来李先生在出家前夕把这册《人谱》连同别的书送给我。我一直把它保藏在缘缘堂中，直到抗战时被炮火所毁。我避难入川，偶在成都旧摊上看到一部《人谱》，我就买了，直到现在还保存在我的书架上，不过上面没有加红圈的“身体力行”四个字了。

李先生因为有这样的文艺观，所以他富有爱国心，一向关心祖国。孙中山先生辛亥革命成功的时候，李先生（那时已在杭州师范任教）填一曲慷慨激昂的《满江红》，以志庆喜：

皎皎昆仑山顶月，有人长啸。看囊底宝刀如雪，恩仇多少！双手裂开鼷鼠胆，寸金铸出民权脑。算此生不负是男儿，头颅好。

荆轲墓，咸阳道。聂政死，尸骸暴。尽大江东去，余情还绕。魂魄化成精卫鸟，血花溅作红心草。看从今一担好山河，英雄造。

见《弘一大师年谱》第39页

李先生这样热烈地庆喜河山的光复，后来怎么舍得抛弃这“一担好山河”而遁入空门呢？我想，这也仿佛是屈原为了楚王无道而忧国自沉吧！假定李先生在“灵山胜会”上和屈原相见，我想一定拈花相视而笑。

弘一法师之出家　/ 夏丏尊

今年（1939 年）旧历九月二十日，是弘一法师满六十岁诞辰，佛学书局因为我是他的老友，嘱写些文字以为纪念，我就把他出家的经过加以追叙。他是三十九岁那年夏间披剃的，到现在已整整做了二十一年的僧侣生涯。我这里所述的，也都是二十一年前的旧事。

说起来也许会教大家不相信：弘一法师的出家，可以说和我有关，没有我，也许不至于出家。关于这层，弘一法师自己也承认。有一次，记得是他出家二三年后的事，他要到新城掩关去了，杭州知友们在银洞巷虎跑寺下院替他饯行，有白衣，有僧人。斋后，他在座间指了我向大家道："我的出家，大半由于这位夏居士的助缘，此恩永不能忘！"

我听了不禁面红耳赤，惭悚无以自容。因为（一）我当时自己尚无信仰，以为出家是不幸的事情，至少是受苦的事情，弘一法师出家以后即修种种苦行，我见了常不忍；（二）他因我之助缘而出家修行去了，我却竖不起肩膀，仍浮沉在醉生梦死的凡俗之中，所以深深地感到对于他的责任，很是难过。

我和弘一法师相识，是在杭州浙江两级师范学校任教的时候。

这个学校有一个特别的地方，即不轻易更换教职员。我前后担任了十三年，他担任了七年。在这七年中我们晨夕一堂，相处得很好。他比我长六岁，当时我们已是三十左右的人了，少年名士气息忏除将尽，想在教育上做些实际功夫。我担任舍监职务，兼教修身课，时时感觉对于学生感化力不足。他教的是图画音乐二科，这两种科目在他未来以前是学生所忽视的，自他任教以后就忽然被重视起来，几乎把全校学生的注意力都牵引过去了，课余但闻琴声歌声，假日常见学生出外写生。这原因一半当然是他对于这二科实力充足，一半也由于他的感化力大。只要提起他的名字，全校师生以及工役没有人不起敬的。

他的力量，全由诚敬中发出，我只好佩服他，不能学他。举一个实例来说，有一次寄宿舍里学生失少了财物，大家猜测是某一个学生偷的，检查起来，却没有得到证据。我身为舍监，深觉惭愧苦闷，向他求教。他所指教我的方法，说也怕人，教我自杀，说："你肯自杀吗？你若出一张布告，说作贼者速来自首，如三日内无自首者，足见舍监诚信未孚，誓一死以殉教育。果能这样，一定可以感动人，一定会有人来自首——这话须说得诚实，三日后如没有人自首，真非自杀不可，否则便无效力。"这话在一般人看来是过分之辞，他说来的时候，却是真心地流露，并无虚伪之意，我自愧不能照行，向他笑谢，他当然也不责备我。

我们那时颇有些道学气，俨然以教育者自任，一方面又痛感到自己力量不够。可是所想努力的，还是儒家式的修养，至于宗教方面简直毫不关心的。有一次，我从一本日本的杂志上见到一篇关于断食的文章，说断食是身心“更新”的修养方法，自古宗教上的伟人，如释迦，如耶稣，都曾断过食；断食能使人除旧换新，改去恶德，生出伟大的精神力量；并且还列举实行的方法及应注意的事项，又介绍了一本专讲断食的参考书。我对于这篇文章很有兴味，便和他谈及，他就好奇地向我要了杂志去看。以后我们也常谈到这事，彼此都有“有机会时最好断食来试试”的话，可是并没有作过具体的决定。至少在我自己是说过就算了。约莫经过了一年，他竟独自去实行断食了，这是他出家前一年阳历年假的事。

他有家眷在上海，平日每月回上海二次，年假暑假当然都回上海的。阳历年假只十天，放假以后我也就回家去了，总以为他仍照例回到上海了的。假满返校，不见到他，过了两星期他才回来。据说假期中没有回上海，在虎跑寺断食。我问他：“为什么不告诉我？”他笑说：“你是能说不能行的，并且这事预先教别人知道也不好，旁人大惊小怪起来，容易发生波折。”

他的断食共三星期：第一星期逐渐减食至尽，第二星期除水以外完全不食，第三星期起由粥汤逐渐增加至常量。据说经过很顺利，不但并无痛苦，而且身心反觉轻快，有飘飘欲仙之像。他平日是每日早晨写字的，在断食期间仍以写字为常课，三星期所写的字有魏碑，有篆文，有隶书，笔力比平日并不减弱。他说断食时，心比平时灵敏，颇有文思，恐出毛病，终于不敢作文。他断食以后，食量大增，且能吃整块的肉。（平日虽不茹素，不多食肥腻肉类。）自己觉得脱胎换骨过了，用老子“能婴儿乎”之意，改名李婴，依然教课，依然替人写字，并没有什么和前不同的情形。据我知道，这时他只看些宋元人的理学书和道家的书类，佛学尚未谈到。

转瞬阴历年假到了，大家又离校。哪知他不回上海，又到虎跑寺去了。因为他在那里经过三星期，喜其地方清净，所以又到那里去过年。他的皈依三宝可以说是由这时候开始的。据说，他自虎跑寺断食回来，曾去访过马一浮先生，说虎跑寺如何清静、僧人招待如何殷勤。阴历新年，马先生有一个朋友彭先生，求马先生介绍一个幽静的寓处，马先生忆起弘一法师前几天曾提起虎跑寺，就把这位彭先生陪送到虎跑寺去住。恰好弘一法师正在那里，经马先生之介绍，就认识了这位彭先生。同住了不多几天，到了正月初八日，彭先生忽然发心出家了，由虎跑寺当家为他剃度。弘一法师目击当时的一切，大大感动。可是还不就想出家，仅皈依三宝，拜老和尚了悟法师为皈依师。演音的名、弘一的号，就是那时取定的。假期满后，仍回到学校里来。

从此以后，他茹素了，有念珠了，看佛经，室中供佛像了。宋元理学书偶然仍看，道家书似已疏远。他对我说明一切经过及未来志愿，说出家有种种难处，以后打算暂以居士资格修行，在虎跑寺寄住，暑假后不再担任教师职务。我当时非常难堪，平素所敬爱的这样的好友，将弃我遁入空门去了，不胜寂寞之感。在这七年之中，他想离开杭州一师有三四次之多，有时是因对于学校当局有不快，有时是因为别处有人来请他。他几次要走，都是经我苦劝而作罢的。甚至于有一个时期，南京高师苦苦求他任课，他已接受聘书了，因我恳留他，他不忍拂我之意，于是杭州南京两处跑，一个月中要坐夜车奔波好几次。他的爱我，可谓已超出寻常友谊之外。眼看这样的好友，因信仰而变化要离我而去，而信仰上的事不比寻常名利关系可以迁就。料想这次恐已无法留得他住，深悔从前不该留他——他若早离开杭州，也许不会遇到这样复杂的因缘的。

暑假渐近，我的苦闷也愈加甚，他虽常用佛法好言安慰我，我总熬不住苦闷。有一次，我对他说过这样的一番狂言：“这样做居士究竟不彻底。索性做了和尚，倒爽快！”我这话原是愤激之谈，因为心里难过得熬不住了，不觉脱口而出，说出以后自己也就后悔。他却仍是笑颜对我，毫不介意。

暑假到了。他把一切书籍字画衣服等等分赠朋友学生及校工们，我所得的是他历年所写的字、他所有的折扇及金表等，自己带到虎跑寺去的只是些布衣及几件日常用品。我送他出校门，他不许再送了，约期后会，黯然而别。暑假后，我就想去看他，忽然我父亲病了，到半个月以后才到虎跑寺去。相见时我吃了一惊，他已剃去短须，头皮光光，着起海青，赫然是个和尚了，笑说：“昨天受剃度的。日子很好，恰巧是大势至菩萨生日。”

“不是说暂时做居士，在这里住住修行，不出家的吗？”我问。

“这也是你的意思，你说索性做了和尚……”

我无话可说，心中真是感慨万分。他问过我父亲的病况，留我小坐，说要写一幅字，叫我带回去作他出家的纪念。回进房去写字，半小时后才出来，写的是《楞严大势至念佛圆通章》，且加跋语，详记当时因缘，末有“愿他年同生安养共圆种智”的话。临别时我和他约，尽力护法，吃素一年；他含笑点头，念一句“阿弥陀佛”。

自从他出家以后，我已不敢再毁谤佛法；可是对于佛法见闻不多，对于他的出家，最初总由俗人的见地，感到一种责任——以为如果我不苦留他在杭州，如果不提出断食的话头，也许不会有虎跑寺马先生彭先生等因缘，他不会出家；如果最后我不因惜别而发狂言，他即使要出家，也许不会那么快速。我一向为这责任之感所苦，尤其在见到他作苦修行或听到他有疾病的时候。近几年以来，我因他的督励，也常亲近佛典，略识因缘之不可思议，知道像他那样的人，是于过去无量数劫种了善根的。他的出家，他的弘法度生，都是夙愿使然，而且都是希有的福德，正应代他欢喜，代众生欢喜，觉得以前的对他不安，对他负责任，不但是自寻烦恼，而且是一种僭妄了。

在他，世间竟没有不好的东西[1] / 夏丏尊

新近因了某种因缘，和方外友弘一和尚（在家时姓李，字叔同）聚居了好几日。和尚未出家时，曾是国内艺术界的先辈，披剃以后专心念佛，见人也但劝念佛，不消说，艺术上的话是不谈起了的。可是我在这几日的观察中，却深深地受到了艺术的刺激。

他这次从温州来宁波，原预备到了南京再往安徽九华山去的。因为江浙开战，交通有阻，就在宁波暂止，挂褡于七塔寺。我得知就去望他。云水堂中住着四五十个游方僧。铺有两层，是统舱式的。他住在下层，见了我笑容招呼，和我在廊下板凳上坐了，说：

“到宁波三日了，前两日是住在某某旅馆（小旅馆）里的。”

“那家旅馆不十分清爽吧。”我说。

“很好！臭虫也不多，不过两三只。主人待我非常客气呢！”

他又和我说了些在轮船统舱中茶房怎样待他和善，在此地挂褡怎样舒服等等的话。

我惘然了，继而邀他明日同往白马湖去小住几日。他初说再看机

---

① 此文系《子恺漫画》序，标题为编者起。

会，及我坚请，他也就欣然答应。

行李很是简单，铺盖竟是用破席子包的。到了白马湖，在春社里替他打扫了房间，他就自己打开铺盖，先把那破席子珍重地铺在床上，摊开了被，把衣服卷了几件作枕。再拿出黑而且破得不堪的毛巾走到湖边洗面去。

“这手巾太破了，替你换一条好吗？”我忍不住了。

“哪里！还好用的，和新的也差不多。”他把那破手巾珍重地张开来给我看，表示还不十分破旧。

他是过午不食的。第二日未到午，我送了饭和两碗素菜去（他坚说只要一碗的，我勉励再加了一碗），在旁坐了陪他。碗里所有的原只是些萝卜白菜之类，可是在他却几乎是要变色而作的盛馔，喜悦地把饭划入口里，郑重地用筷夹起一块萝卜来的那种了不得的神情，我见了几乎要流下欢喜惭愧之泪了！

第二日，有另一位朋友送了四样菜来斋他，我也同席。其中有一碗咸得非常，我说：

“这太咸了！”

“好的！咸的也有咸的滋味，也好的！”

我家和他寄寓的春社相隔有一段路。第三日，他说饭不必送去，可以自己来吃，且笑说乞食是出家人的本能。

“那么逢天雨仍替你送去吧。”

“不要紧！天雨，我有木屐哩！”他说出木屐二字时，神情上竟俨然是一种了不得的法宝。我总还有些不安。他又说：

“每日走些路，也是一种很好的运动。”

我也就无法反对了。

在他，世间竟没有不好的东西，一切都好，小旅馆好，统舱好，挂褡好，破席子好，破旧的手巾好，白菜好，萝卜好，咸苦的蔬菜好，跑路好，什么都有味，什么都了不得。

这是何等的风光啊！宗教上的话且不说，琐屑的日常生活到此境界，不是所谓生活的艺术化了吗？人家说他在受苦，我却要说他是享乐。我常见他吃萝卜白菜时那种喜悦的光景，我想：萝卜白菜的全滋味，真滋味，怕要算他才能如实尝到的了。对于一切事物，不为因袭的成见所缚，都还他一个本来的面目，如实观照领略，这才是真解脱，真享乐。

艺术的生活原是观照享乐的生活，在这一点上，艺术和宗教实有同一的归趋。凡为实例或成见所束缚，不能把日常生活咀嚼玩味的，都是与艺术无缘的人。真的艺术，不限在诗里，也不限在画里，到处都有，随时可得。能把它捕捉了用文字表现的是诗人，用形及五彩表现的是画家。不会作诗，不会作画，也不要紧，只要对于日常生活有观照玩味的能力，无论如何都能有权去享受艺术之神的恩宠。否则虽自号为诗人画家，仍是俗物。

与和尚数日相聚，深深地感到这点。自怜囫囵吞枣地过了大半生，平日吃饭着衣，何曾尝到过真的滋味！乘船坐车，看山行路，何曾领略到真的情景！虽然愿从今留意，但是去日苦多，又因自幼未曾经过好好的艺术教养，即使自己有这个心，何尝有十分把握！言之怃然！

正怃然间，子恺来要我序他的漫画集。记得子恺的画这类画，实由于我的怂恿。在这三年中，子恺着实画了不少，集中所收的不过数十分之一。其中含有两种性质，一是写古诗词名句的，一是写日常生活的断片的。古诗词名句原是古人观照的结果，子恺不过再来用画表出一次，至于写日常生活断片的部分，全是子恺自己观照的表现。前者是翻译，后者是创作了。画的好歹且不说，子恺年少于我，对于生活有这样的咀嚼玩味的能力，和我相较，不能不羡子恺是幸福者！

子恺为和尚未出家时画弟子，我序子恺画集，恰因当前所感，并述及了和尚的近事，这是什么不可思议的缘啊！

谈谈李叔同先生的为人与绘画[①] / 启功

我平生所佩服的学者不止一个人，李叔同先生是我平生最佩服的一位。我是个宗教徒，小时候拜了一位藏密的蒙古喇嘛，当时刚刚三岁。这样的我是个有宗教思想的人。

李叔同先生去世后，有一部介绍他的书，叫作《弘一法师永怀录》。这是接触过他的人写的书，介绍他从年轻时到出家的事迹。可惜我手中这本小书被一位朋友借去，他突然发病去世，此书就找不到了。现在写弘一大师的年谱，叙述其出家、留学经历，多是从这本书中引的资料。我现在所谈李老先生的事迹，也是多半从《弘一法师永怀录》中得到的印象。后来我遇到与李叔同有关的书都会买，可顺手买了之后又顺手被人拿走，现在手中仅有几本舍不得送给人的。

李先生年轻时候的家庭情况是这样的：他的父亲是位进士，怎么称呼我记不得了。这老先生是位盐商，后考上进士。旧社会的人都希望五福，讲究多福、多寿、多男子等，这在《尚书·洪范》中提到过。这位李老先生纳了一个妾，这位如夫人比老先生小很多，生下了李叔

---

① 钟少华记录并整理。

同先生。在那样封建的又是商人又是官僚的家中，那矛盾不言而喻，还用详细说吗？后来李叔同先生奉母亲之命到了南方，认识了几位朋友，有“天涯五友”之称，这几位是他年轻求学时最好的朋友。后来老太太去世，他们从前的房子（他出家以后，还到这房子来过）里面是供有他母亲的遗像还是牌位，我也说不上来了。他跪在那儿，叩头如捣蒜（叩起头来无数，伤心透了，就像是在罐子里捣蒜一样），我对此感触最深，我觉得恨不能在我父母亲遗像前叩头如捣蒜。但我不配，我感觉我连叩头如捣蒜都不配。这是我的感觉、我的回忆。

李先生年轻时有艺术思想，他演戏，演中国戏，演武生，从照片上看是很英俊的武生。他后来到日本去学习，在东京美术学校学习画西方油画，学习演西方戏剧。这些在《永怀录》中记载得很不具体。在学习期间，有一位日本女子与他同居。这事毫不奇怪，因为一个年轻人到外国去，旁边有一位外国女子，很容易一拍即合。

我认为李先生是非常一字一板的。有一件事，是有一个人跟他约会，比如说是明天早上九点钟到他家里去。他就在九点以前打开窗户往外看，然而九点过了五分钟，那人才来。（那个时候我也不知道是不是因为堵车，过了五分钟。现在过五个钟头来不了都不奇怪，因为堵车嘛。）就因为过了五分钟，他就告诉那位客人说：“你今天迟到了，现在过了五分钟，我不见你了。”他就把窗户关上了。你想想，这种事情，是不是他故意刁难朋友？不是的，他就是这样一种性格。记得印度的甘地先生到一个地方去开会演讲，途中被人打搅了，晚到了几分钟，他瞧着表说：“你使得我迟到了几分钟，你犯了个错误。”可见印度圣雄甘地就是这样的人，李叔同先生是否学习甘地或别人，我无法判断，但我知道，凡是伟大的人物对于时间的重视，中外、古今、南北应该都是一个样。我想他这是出于内心的判断。所以我说过，李叔同先生就是认真，一切都是“认真”二字。这不是说你欠我一本书，或是欠一笔钱，或是你应许什么没有做到等事，那种认真是很庸俗的，他在时间上一分钟都算上，认为是你犯了错误。所以印度的甘地与中国的李叔同真有异曲同工之妙，这已经超出优点，这是一种微妙的相应的感受，使得他对朋友、对时间、对事情都是这样。

还有一事，是李先生出家后，有人在一间素菜馆请哲学家李石岑吃饭，这位来得晚了点。李叔同先生也没有说什么，在那儿拿念珠，客人们开始喝酒吃饭时，李先生拿起个空碗，去接一碗白开水喝。别人让他吃菜，他说：“我不吃了，我们在戒律上过午不食，现在已经过了几分钟，我不能吃了。”他那天就是什么都没有吃。“过午不食”，你说这个人是不是太傻？什么是过午？过午是什么时候？很可靠吗？这午是中国的子午线？跟外国的子午线是不是一个样子？后来大家非常难过，没有想到他竟然因为客人迟到而光喝水，什么也不吃，全场人对他感到十分抱歉，让弘一饿了一顿，晚饭他也不吃了。事实上他在晚年病死就是因为胃有毛病，好像是胃癌吧？所以这是认真。佛将去世时，弟子问佛，您要是去世后，我们听谁的？佛说：“以戒律为师。”李先生就是以戒律为师。想起来，李先生一生到死，一字一板，都是以戒律为师。我们现在自由散漫，什么事都可以不按律不按戒来，算不了什么。但是李先生认为就应该是这样学，就应该这样做，他对此从不怀疑。我们则是还没有信，就先怀疑，比如说我们现在吃东西，我有时也不吃肉，也不赞成杀某一东西来吃。可是想起来，我也不是严格按照五戒来守戒律，我只是觉得为我特别来杀生，不合适；然而，别人已经杀了的，那我也吃。别人杀就活该，我杀就不应该，这种想法不像话。现在也有禁止杀、盗、淫、妄、酒的戒律，属于沙弥戒，这些是小沙弥都要学习的基本五戒。我们呢？今天不杀生，明天别人杀了我又吃，这都合律合戒吗？所以，李先生对于戒律，比我们更加认真。本来那天吃饭晚了几分钟，也算不了什么，但他就是只喝一碗白水，什么也不吃。他就是这样认真。

日本那位女人跟着他到中国来，他要出家时，那位女人说："日本和尚也有家，也有子女，你就留我在这儿。"她痛哭，而李先生要跟她划清界限，要她回国。我对此觉得太残忍了。你就留下她，也没有什么不可以，你曾经跟她同居要好，现在一刀两断，也有点儿太残忍了。现在想起来，我自己是庸俗的人，对于这件事，认为李先生如果留下她，不也行吗？但李先生不是这样。直到现在，我对于这事还是留有问号。所以我还是个俗人，他老先生超出三界之外。这是我大胆留下的一个问号。

此外，他不要庙，他做普通的和尚。他出家在一个庙，算这个庙的徒弟，然后各处云游求法，但他始终没有说自己是哪一座庙的徒弟。杭州西湖边虎跑寺是他出家的地方，现在开放一个为纪念弘一大师的展览室，门外有一座纪念塔，塔里有弘一大师的舍利。

李先生在浙江第一师范学校教书时，有学生丰子恺和刘质平。这两位都是弘一的大弟子，对弘一真正生死不渝。弘一是游方僧，各处去转，如到了上海，就住在丰子恺家里。他对丰先生说："我在你这儿吃饭，你就给我白水煮青菜，搁盐不搁油。"丰先生怎么也不好意思，搁了点儿油在菜里。弘一说：“你犯罪了，你犯错误了。我让你不搁油，你还给我搁油。”这搁点儿油算什么？他又在家中跟丰子恺说：“我现在皈依三宝。”皈依三宝后，丰先生跪在地上，弘一对他讲，你现在确是不错，能够做到，但是你还要多想一步出来要怎么样。《永怀录》中有大篇幅的记载。像这样的地方，都是了不起的。丰老先生一直到死都秉承着弘一大师遗训，真叫对得起。弘一有这样两个好徒弟，正是因为他自己做到了严格的操守，才能够有这样的好徒弟。

说到李老先生出家，是怎么回事？他在学校看见日本人的书上说修炼，7 天先少吃，渴了喝水；到了 7 天，就全不吃了，只有喝水；过了 7 天后，又逐渐少喝水，吃一点儿稀米汤；然后逐渐能够由多喝水到少喝水到不喝水；米汤慢慢到喝稠的。这样子由逐渐少吃到不吃，由吃饭改为喝水，再倒过来，又能吃饭。他就这样在虎跑寺生活，有空就写字。开始还有另一位老居士也在那里，似乎叫作弘伞，那位学习进步速度很快，但儿子出来干涉，将他接走还俗了，其进锐者其退速，他也就不出家了。李先生不是这样，他决定出家，就从学校走到虎跑寺，有一位校役挑着行李跟随。他进了庙立即穿上和尚衣裳，倒一杯茶给校役，称他作居士，请他喝茶。哎呀，这位校役听了非常难过，他是在以和尚的身份对待校役。校役走到虎跑寺门口，对着庙大哭。可见他一直到死，都对得起这位冲着他大哭的校役，对得起所有的人。他那位日本女士也大哭着走了，她回去也不愁没有生活。问题是他出家后的一切行为都对得起当时对他大哭的人。

是谁刺激了李先生出家的呢？之前李先生只是在家中添了一个香炉，后来逐渐烧香，供一座佛像，添了一挂素珠，出来也不吃荤。夏丏尊先生跟他开玩笑，说："你照这样和尚生活，何不出了家？"这是一位最熟的朋友开玩笑的话，是无意说的，但李先生就真出了家。夏老先生十分后悔，说："我不应该跟他说这种话，这话刺激他一跺脚出了家。"如果论功论过，夏先生都有责任。

现在再来说他在日本画画的事情。他出家前把所刻图章封存在西泠印社，孤山墙上挖个洞，放在洞里封上，上写"印藏"（"藏"当名词讲）。现在出现了他的一批画，我为什么对这些画不怀疑呢？因为刘质平，他是李先生的弟子，搞音乐的。李先生写字时多是刘在旁边服侍，写的字多半是由刘卷起来保存。后来刘先生去世，其后人把这些保存的字都捐献给国家，这些字都是很少见的。你说这是弘一大师忽然出现一大批谁也没有见过的字，你能说都是假的吗？刘质平所收藏的字要是假的，那可以说雨夜楼收藏的画也是假的。这事明摆着，如果刘质平收的字是假的，那位雨夜楼主所藏的画就应该全是假的。所以我说就应该验证画里的图章与西泠封存的印章，这可以是一个证明。刘藏的字跟雨夜楼藏的画就相当。我没有见过那些画，也没有见过雨夜楼主人，但是我从道理来推定。说李先生没有在他自己画上打过图章，这事我也不信。自己辛辛苦苦，画了一张画，上头能连个图章或签名都没有吗？既然有，只需跟孤山墙上印藏的图章核对就够了。从这几方面论证，假定有人与西泠印社勾结起来，在假画上盖章，这怎么可能？我不信。

为什么我认为李先生的那些画不可能是假的呢？最主要的，就是刘质平和丰子恺都是李的学生，刘先生侍候李先生写字，他卷起来保存。后来一下子拿出若干幅李先生的字。如果现在有人看见刘先生保存的字都未曾出现过，都是刘先生密藏的，经过抗战和种种费劲保存，谁也没有见过。假定有人没有看见过，就说都是假的，这也说不过去吧？就说李先生从日本带回来的画，或者是在国内画的油画也罢、水彩画也罢，这些东西就是雨夜楼所藏的那些画。问题就是说许刘质平藏那些书法，就不许雨夜楼主藏这些画吗？这些画还拿西泠印社印藏校对过。近年因为纪念李叔同先生，把洞挖开，用印章对照画上图章，是他出家以前打的章，没有问题。你说哪个真哪个假呢？既然是他从前的旧印，不是现在打上去的，所以我觉得那些画很可能就是他从前所画，存起来的，没有人知道，后来被人收藏了。这就跟刘质平收藏的字稍微有不同，但是经过这么些年，六十多年了吧？那一定要扣住哪一天哪点钟画的画，怎么个手续？由雨夜楼主人藏起来？这个就过于苛求了。依我现在的想法，为什么我相信他呢？就说这种画的画风，在雨夜楼所藏李先生的画确实是一种风格，这种风格在当时，在后来，在国内，在所有油画或水彩画中，都是自成一家的。所以我觉得雨夜楼所藏的这些画，风格是统一的，是那个时期某一个人一直画下来的。某一个时代画的，风格一样，我觉得就不应该轻易否定为不真。我没有赶上李叔同先生的时代，为什么我能够武断地判断就应该是真的呢？我有这么几个原因，客观推论就是这么一个情形。

我想李先生在日本春柳社演戏剧，没有留下什么，只有一些照片，没有录像，也无法要求春柳社都录下像、录下音来，这是不可能的。只有李先生自己买的头套、束腰，把腰勒得很细，演那个茶花女的照片。这些事都可以串起来，说明他在春柳社演过这些剧，可以得出一个粗略的轮廓。在那个时代，西方戏剧已经传到日本，李先生在日本就演西方戏剧，还是用“认真”两个字可以概括。他到了日本，并没有什么特殊，在国内时也没有说对外国戏剧有什么兴趣，到了日本却也表演一回，而且是很认真地。他自己的身材究竟能不能够达到装扮茶花女的地步？我不知道，他就硬这么做了。要是让我束腰我绝不干，我只穿过戏装（审头刺汤）照张相片（笑）。李先生能够抑制自然条件，把腰勒细，戴上头套，演茶花女，并且脸上表情也不是出家后的样子，所以我说他认真，包括他行事、做人、求学、从事艺术，都是这样的。

我没有能够像刘质平收集老师艺术作品那样直接的证据，但是有雨夜楼所收藏的画册。我敬佩李先生生平一切事一分钟都不放过的精神，我想他不可能画了若干幅西方风格的画，大批拿来骗人。现在虽不是他自己骗人，假定说是后人搞的骗局，假定有人要作李先生的画骗人，也不合逻辑。李先生生平事迹，一直到出家饿死，为戒律不吃饭等，他肯于这样做。我觉得，如果有人要造谣造到这样一位先知先觉的人，这样一位了不起的出家人头上，这人在佛法、在世间法，都是不可饶恕的。

前几年我到法国凡尔赛宫参观，看凡·高等人的画，也就是这么大小一块，价格无比昂贵。至于李叔同先生这人从头到尾，实在是让我衷心敬佩。附带说一点，据说他去虎跑寺出家时，他的藏书都分送给学生、朋友了，他只带了一本《张猛龙碑》帖，当然是石印本了。他写的字很受《张猛龙碑》的影响。我有半本，我曾给修补，又印出来了。这个《张猛龙碑》，我也特别喜欢，所以我觉得李先生把碑帖一直带在身边，这不犯戒律。他带一本佛经去念，不犯戒。至于李先生写的《四分律比丘尼戒相表记》，这书了不起，他详细分析四分律，这四分律非常复杂，他划出各种限。这书很大的一本，他自己也十分得意，说这本书你们要翻印多少本。因为他是南山律宗的，这南山律宗在中国已经失传了，他就重新集注南山资料，他想重振南山雄风，重开南山律宗。

听说雨夜楼保管了这些画，所以，我写这篇鉴定意见，来做一个证明。

弘一大师书画金石音乐展弁言 /赵朴初

近代中国佛教，自清末杨仁山居士倡导以来，由绝学而蔚为显学，各宗大德，闻教明宗，竞擅其美。其以律学名家，戒行精严，缁素皈仰，薄海同钦者，当推弘一大师为第一人。

大师出家前，即以文艺大家驰誉当世。早岁留学日本，入东京美术学校，攻西洋油画，旁及音乐、戏剧、诗词、书法、篆刻等，于艺事无不精。回国后，值辛亥革命，初任《太平洋报》编辑，并与诗人柳亚子、胡朴安等创办“文美会”，主编《文美杂志》。其后应杭州浙江第一师范聘，教授图画、音乐，先后七年，造就艺术人才至众。著名画家丰子恺先生即其入室弟子，其间又与吴昌硕、叶舟、马一浮等交游，加入西泠印社，博学多能，名重一时。

大师于艺事之暇，深究内典，信解日增，遂发心出家，披剃于西湖虎跑定慧寺，法名演音，字弘一。苦学潜修，精研戒律，孜孜以复兴律宗为己任。初学《根本说一切有部律》，遍览义净所译有部律藏，皆能躬体力行，轻重不遗。防护精严，闻者钦赞。后从扶桑请得南山三大部及唐、宋律宗诸师著述，深觉南山一派，契合此土机宜，遂改学南山律，终身奉持，不遗余力。其律学著述，有手书《四分律比丘戒相表记》及《南山律在家备览略编》等，致力之勤，用思之密，方之古德，诚无多让。

大师出家后，诸艺俱舍，唯书法不废。间常精楷写经以结法缘，得者珍如拱璧。其在俗书法之出版者，有《李息翁临古法书》，出家后有《华严集联三百》。马一浮居士尝赞云："大师书法，得力于《张猛龙碑》。晚岁离尘，刊落锋颖，乃一味恬静，在书家当为逸品。"推崇可谓至矣！然大师以书画名家而为出世高僧，复以翰墨因缘为弘法接引资粮，成熟有情，严净佛土，功巨利博，泽润无疆，岂仅艺事超绝，笔精墨妙而已哉。

大师于佛学，特尊《华严》，信行綦切，日诵《普贤行愿赞》为常课。其佛法思想多散见于所作序、跋、题记及与人书简中，片言洞微，精义时出。虽应机之作，亦足见其涉猎之广与证解之深也。

一九四二年秋，大师示寂于福建泉州，迄今垂四十年矣。国内外信徒仰其高德，敬慕之怀，久而弥笃。去岁值大师诞生一百周年，为纪念大师生平德业，中国佛教协会特就法源寺举办"弘一大师书画金石音乐展"，集大师所作精品于一堂，琳琅满目，观者惊叹。展览既竟，爰编此册，永为纪念人用结胜缘。今特记其缘起，志随喜焉。

以出世的精神，做入世的事业 / 朱光潜

弘一法师是当代我最景仰的一位高士。一九三二年，我在浙江上虞白马湖春晖中学当教员时，有一次弘一法师曾到白马湖访问在春晖中学里的一些他的好友，如经子渊、夏丏尊和丰子恺。我是丰子恺的好友，因而和弘一法师有一面之缘。他的清风亮节使我一见倾心，但不敢向他说一句话。他的佛法和文艺方面的造诣，我大半从子恺那里知道的。子恺转送给我不少的弘一法师练字的墨迹，其中有一幅是《大方广佛华严经》中的一段偈文，后来我任教北京大学时，萧斋斗室里悬挂的就是法师书写的这段偈文，一方面表示我对法师的景仰，同时也作为我的座右铭。时过境迁，这些纪念品都荡然无存了。

我在北平大学任教时，校长是李麟玉，常有往来，我才知道弘一法师在家时名叫李叔同，就是李校长的叔父。李氏本是河北望族，祖辈曾在清朝做过大官。从此我才知道弘一法师原是名门子弟，结合到我见过的弘一法师在日本留学时代的一些化装演剧的照片和听到过的乐曲和歌唱的录音，都有年少翩翩的风度，我才想到弘一法师少年时有一度是红尘中人，后来出家是看破红尘的。

弘一法师是一九四二年在福建逝世的，一位泉州朋友曾来信告诉

我，弘一法师逝世时神智很清楚，提笔在片纸上写“悲欣交集”四个字便转入涅槃了。我因此想到红尘中人看破红尘而达到“悲欣交集”即功德圆满，是弘一法师生平的三部曲。我也因此看到弘一法师虽是看破红尘，却绝对不是悲观厌世。

我自己在少年时代曾提出“以出世精神做入世事业”作为自己的人生理想，这个理想的形成当然不止一个原因，弘一法师替我写的《华严经》对我也是一种启发。佛终生说法，都是为救济众生，他正是以出世精神做入世事业的。入世事业在分工制下可以有多种，弘一法师从文化思想这个根本上着眼。他持律那样谨严，一生清风亮节会永远廉顽立懦，为民族精神文化树立了丰碑。

中日两国在文化史上是分不开的，弘一法师曾在日本度过他的文艺见习时期，受日本文艺传统的影响很深，他原来又具有中国传统文化的陶冶。我默祝趁这次展览的机会，日本朋友们能回溯一下日本文化传统对弘一法师的影响，和我们一起来使中日交流日益发扬光大。

附录二

弘一法师年表

1880年，清光绪六年（庚辰）

一岁。10月23日（农历九月二十日）辰时，生于天津李宅（今河北区粮店街60号）。祖籍浙江平湖，幼名成蹊，学名文涛，字叔同，号漱筒，行列第三。父名李世珍，字筱楼，同治四年进士，官吏部主事，后行商，经营盐业、银钱业。母王氏系侧室。

1884年，清光绪十年（甲申）

五岁。父亲李世珍（筱楼）病逝，年72岁。家中延高僧诵《金刚经》，初见僧人。是年，从母王氏诵名诗格言。

1885年，清光绪十一年（乙酉）

六岁。从次兄文熙（长兄文锦早亡）受启蒙教育。

1887年，清光绪十三年（丁亥）

八岁。从乳母刘氏诵《名贤集》。又从常云庄受业，读《孝经》《毛诗》等。并读《唐诗》《千家诗》《四书》《古文观止》《尔雅》《说文解字》等。

1892 年，清光绪十八年（壬辰）

十三岁。读《尔雅》《说文》等，习训诂之学。攻各朝书法，以魏书为主。

1897 年，清光绪二十三年（丁酉）

十八岁。年底，与天津茶商俞氏之女（时年二十）结婚。以童生资格应县试。

1898 年，清光绪二十四年（戊戌）

十九岁。闻戊戌变法失败，刻“南海康君是吾师”印。秋，奉母偕妻南下上海，住法租界。入上海“城南文社”，开始文学活动。

1899 年，清光绪二十五年（己亥）

二十岁。春，全家移居“城南草堂”，与袁希濂、许幻园、蔡小香、张小楼结金兰之谊，号“天涯五友”。同时遍攻诗词、金石、书画、戏剧，在上海艺坛崭露头角。是年，子葫芦产后即夭折。

1900 年，清光绪二十六年（庚子）

二十一岁。出版《李庐印谱》《李庐诗钟》。与画家任伯年等设立“上海书画公会”。每星期出一刊《书画报》。同年，长子李准出生。

1901年，清光绪二十七年（辛丑）

二十二岁。春，回天津，居半月，回上海。秋，入上海南洋公学经济特科就读，改名李广平，受业于蔡元培。

1902年，清光绪二十八年（壬寅）

二十三岁。各省补行庚子、辛丑恩正并科乡试，先后以河南纳监、嘉兴府平湖县监生资格应试，均未中，仍回南洋公学就读。11月，南洋公学发生罢课风潮，退学。

1903年，清光绪二十九年（癸卯）

二十四岁。与南洋公学退学者在上海“沪学会”内增设补习科。翻译《法学门径书》《国际私法》二书，由上海开明书店出版。

1904年，清光绪三十年（甲辰）

二十五岁。春，为铄镂十一郎（章士钊）撰写的传记《李苹香》作序，署名惜霜。与歌郎、名妓等往来频繁。在上海粉墨登场，实践戏剧，参加演出京剧《八蜡庙》《白水滩》《黄天霸》等。同年，次子李端出生。

1905年，清光绪三十一年（乙巳）

二十六岁。年初，与许幻园、黄炎培等创办“沪学会”。3月10日（农历二月初五），生母王氏病逝上海寓所，改名李哀。六月，扶柩北上天津，首倡丧礼改革，为母举行告别式。秋，东渡日本留学。在东京为《醒狮》杂志撰写《图画修得法》《水彩画法说略》。

1906年，清光绪三十二年（丙午）

二十七岁。二月，独立创办的中国第一份音乐杂志《音乐小杂志》在东京印刷，寄回上海发行。夏，参加东京“随鸥吟社”，与日本汉诗人联吟赋诗。九月，以李岸之名考入东京美术学校油画科。与同学曾延年（孝谷）等组织中国第一个话剧团体“春柳社”。从川上音二郎和藻泽栈二朗研究新剧演技，艺名息霜。

1907年，清光绪三十三年（丁未）

二十八岁。饰《茶花女》女主角“玛格丽特”，饰《黑奴吁天录》中美洲绅士解尔培的夫人爱美柳，同时客串男跛醉客。这是中国人演话剧的开端。留日期间，与美术模特产生感情，后随同回国。

1908年，清光绪三十四年（戊申）

二十九岁。退出春柳社，专心致力于绘画和音乐。

1911年，清宣统三年（辛亥）

三十二岁。春，学成归国。在天津工业专门学校任西洋画教席。日籍夫人径去上海，赁屋居于上海法租界。同年冬，家族企业破产。

1912年，民国元年（壬子）

三十三岁。任教于上海城东女学。同年春，参加南社。不久，受聘《太平洋报》，任艺术编辑，并编《文美杂志》。七月，《太平洋报》倒闭，受聘浙江两级师范学校（后改为浙江省立第一师范学校），主教音乐、西画。

1915年，民国四年（乙卯）

三十六岁。五月，在杭州西泠印社出席“南社雅集”。六月，撰《乐石社社友小传》。同年，作《送别》《早秋》《忆儿时》等多首校园歌曲。与经学家马一浮缔交。

1916年，民国五年（丙辰）

三十七岁。兼任南京高等师范（中央大学前身）教席，谱曲南京大学历史上第一首校歌。11月30日至12月19日，在杭州大慈山虎跑寺断食二十天，写《断食日志》，取号李欣。

1917年，民国六年（丁巳）

三十八岁。开始素食，供佛像，读佛经。

1918年，民国七年（戊午）

三十九岁。春节期间拜了悟和尚为师，取名演音，号弘一，为在家弟子。农历七月十三日，入虎跑寺正式出家。离校前，将一生所积之艺术品、金钱、衣物全部分散。八月十九日到九月十九日，计三十天，在灵隐寺受比丘戒。

1919 年，民国八年（己未）

四十岁。春，驻锡玉泉寺。夏，居虎跑寺。秋，挂单灵隐寺。冬，回玉泉寺，与程中和居士共燃臂香，依天亲菩萨《菩提心论》发“十大正愿”。

1920 年，民国九年（庚申）

四十一岁。云水浙东，夏，至贝山闭关不成，秋，至衢州客居莲花寺，写经，整理藏经。

1921 年，民国十年（辛酉）

四十二岁。正月，自新登返杭州，居玉泉寺，披寻《四分律》，始览诸先师之作。春，曾在闸口凤生寺小住。三月，自杭州赴温州，居庆福寺。撰《谢客启》，掩关治律。六月，所撰《四分律比丘戒相表记》初稿成。

1922 年，民国十一年（壬戌）

四十三岁。正月，在城下寮礼寂山方丈为依止师。正月初三，在家发妻俞氏患重痢疾病故于天津本宅。未能成行，仍居庆福寺。

1923 年，民国十二年（癸亥）

四十四岁。初春，由温州经杭州、上海，云游至衢州，住莲花寺，刺血写经。四月，在上海太平寺谒印光大师。腊月，恳请拜师印光大师。印光大师劝告专修念佛三昧。岁底回永嘉。

1924 年，民国十三年（甲子）

四十五岁。四月，由莲花寺移居三藏寺。后取道松阳、青田抵温州。五月，至普陀山，参礼印光大师。六月，返温州整理《四分律》，八月完稿。赴杭州，因交通有阻，暂止宁波，居七塔寺。应夏丏尊之请，至上虞白马湖小住。十月返温州。

1926 年，民国十五年（丙寅）

四十七岁。三月，由温州至杭州，住招贤寺，约弘伞法师（程中和居士出家之法名），七月同去庐山参加金光明法会。路经上海时，与丰子恺等访城南草堂等处。冬初，由庐山返杭州，经上海，在丰子恺家小住，后返杭州。

1927 年，民国十六年（丁卯）

四十八岁。春，闭关杭州云居山常寂光寺。社会上有毁佛之议，法师提前出关。七月，移居灵隐后山本来寺。秋，至上海，居江湾丰子恺家，主持丰子恺皈依三宝仪式。其间与丰子恺商定编绘《护生画集》计划。是岁春，丰子恺等编《中文名歌五十曲》出版，内收李叔同所作歌曲 13 首。

1928年，民国十七年（戊辰）

四十九岁。春夏之间，在温州大罗山诛茆坐禅。秋至上海，与丰子恺、李圆净商量编《护生画集》。冬，刘质平、夏丏尊、丰子恺、经亨颐等共同集资在白马湖筑“晚晴山房”，供大师居住。

1929年，民国十八年（己巳）

五十岁。正月，自南安小雪峰至厦门南普陀寺，居闽南佛学院。二月，《护生画集》第一辑由上海开明书店出版，50幅护生画皆由大师配诗并题写。四月，自厦门回温州，途经福州，在鼓山涌泉寺藏经阁发现《华严经疏论纂要》清刻本，发愿倡印。九月，自温州到上虞白马湖，驻锡“晚晴山房”。十月，由温州去厦门，年底，与太虚大师同去南安小雪峰寺度岁，合作《三宝歌》。是年，夏丏尊将所藏大师在俗时所临各种碑帖出版，名《李息翁临古法书》。仲兄李文熙卒。

1930年，民国十九年（庚午）

五十一岁。正月，自小雪峰寺至泉州承天寺驻锡。四月，离闽南，回温州。五月，至白马湖，住“晚晴山房”，圈点《行事钞》。九月，到慈溪北乡鸣鹤场白湖金仙寺，讲律两次。十月，听静权法师讲《地藏经》，同时研究《华严》，写成《华严集联三百》。十一月赴温州庆福寺。冬底，回永嘉城下寮挂单。

1931年，民国二十年（辛未）

五十二岁。正月，在庆福寺关中罹恶性疟疾。二月，自温州过宁波，旋赴白马湖横塘镇法界寺。发愿弃舍有部律，专学南山，从此由新律家变为旧律家。夏，亦幻法师发起创办“南山律学院”，请法师主持于五磊寺，因与寺主意见未洽，遂离去。九月，受广洽法师函邀赴厦门，在金仙寺做《清凉歌》。在镇海伏龙寺度岁。

1932年，民国二十一年（壬申）

五十三岁。春、夏、秋三季，云水浙东沿海各地。八月，至白马湖，居法界寺，染伤寒。十一月自上海去厦门，挂单万寿岩（山边岩），自此定居。在妙释寺讲《人生之最后》。

1933年，民国二十二年（癸酉）

五十四岁。二月初赴厦门，旋返妙释寺。在妙释寺讲《改过经验谈》，在万寿岩讲《随机羯磨》，重编蕅益大师警训为《寒笳集》，在开元寺圈点《南山律钞记》，在承天寺讲《常随佛学》。

1934年，民国二十三年（甲戌）

五十五岁。二月，至厦门南普陀寺讲律。助常惺院长整顿闽南佛学院，见学僧纪律松弛，倡办佛教养正院。是年，跋《一梦漫言》，作宝华山《见月律师行脚略图》。冬，移居万寿岩，讲《阿弥陀经》。又编《弥陀经义疏撷录》。

1935 年，民国二十四年（乙亥）

五十六岁。正月，在万寿岩撰《净宗问辨》。三月，至泉州开元寺讲《一梦漫言》。五月，与传贯法师去惠安崇五净峰寺，十月，回泉州承天寺，在戒期中讲《律学要略》，之后回惠安在乡间弘法。十一月，染病，回泉州草庵寺。

1936 年，民国二十五年（丙子）

五十七岁。元旦，卧病草庵寺。春，因患臂疮自草庵寺至厦门就诊。五月，居鼓浪屿日光岩。年末，移居南普陀寺。是年《清凉歌集》由上海开明书店出版。

1937 年，民国二十六年（丁丑）

五十八岁。年初在南普陀寺讲《随机羯磨》。二月，在佛教养正院讲《南闽十年之梦影》。三月，为厦门市第一届运动会作会歌。五月，赴青岛湛山寺讲律。十月，返厦门，与夏丏尊晤面于旅邸。岁末，赴泉州草庵寺。

1938 年，民国二十七年（戊寅）

五十九岁。一月，在草庵寺讲《华严经普贤行愿品》。二月，入泉州。三月，承天寺讲经。后赴梅石书院、开元寺、清尘堂及惠安、厦门等处讲经、写字结缘。五月，于厦门陷落前数日离厦，至漳州南山寺。冬初至泉州承天寺，后移居泉州温陵养老院。

1939 年，民国二十八年（己卯）

六十岁。四月，入蓬壶毗峰普济寺闭关，著《南山律在家备览略篇》等。秋末，为《续护生画集》题字并作跋。

1940 年，民国二十九年（庚辰）

六十一岁。春，闭关永春蓬山。九月二十日，在山中度六十周甲世寿，性常、广洽法师等影印《金刚经》，丰子恺绘《护生画集续集》为师寿。十月，去南安洪濑灵应寺弘法。

1941 年，民国三十年（辛巳）

六十二岁。四月，离灵应寺，赴晋江檀林乡福林寺结夏，讲《律钞宗要》，编《律钞宗要随讲别录》。十一月，至泉州百原寺，后移居开元寺。腊月，返福林寺度岁。

1942 年，民国三十一年（壬午）

六十三岁。二月，至灵瑞山讲经。三月，回泉州，后移居不二祠温陵养老院，曾在朱子过化亭教演出家剃度仪式。八月，在开元寺讲《八大人觉经》。十月二日下午，身体发热，渐示微疾。十月七日，唤妙莲法师抵卧室写遗嘱。十月十日下午，写“悲欣交集”四字交妙莲法师。十月十三日（九月初四），晚 7 时 45 分，呼吸少促，8 时安详西逝，圆寂于温陵养老院晚晴室。

有才而性緩定屬大才
有智而氣和斯為大智

有才而性缓定属大才
有智而气和斯为大智

盛喜中勿許人物
盛怒中勿答人書
賢首

盛喜中勿许人物
盛怒中勿答人言